开卷书坊

寓記

扬州·俞长源 著
俞律 慕相中 编

黄山书社

图书在版编目（CIP）数据

寓记 / 俞长源著 . —合肥 : 黄山书社 , 2015.2
ISBN 978-7-5461-4939-4

Ⅰ . ①寓… Ⅱ . ①俞… Ⅲ . ①回忆录—中国—当代　Ⅳ . ① I251

中国版本图书馆 CIP 数据核字（2015）第 037292 号

出 品 人　任耕耘
责任编辑　朱莉莉　熊裕娟
特约编辑　董宁文
书名题签　俞　律
装帧设计　观止堂 _ 未氓
出版发行　时代出版传媒股份有限公司（http://www.press-mart.com）
　　　　　黄山书社（http://www.hspress.cn）
地址邮编　安徽省合肥市蜀山区翡翠路 1118 号出版传媒广场 7 层 230071
印　　刷　南京理工大学资产经营有限公司
版　　次　2015 年 2 月第 1 版
印　　次　2015 年 2 月第 1 次印刷
开　　本　787 × 1092　1/32
字　　数　142 千字
印　　张　8.00
书　　号　ISBN 978-7-5461-4939-4
定　　价　48.00 元

服务热线　0551-63533706
销售热线　0551-63533761
官方直营书店（http://hsssbook.taobao.com）

前　记

本书是先父长源公所著笔记体回忆录。先父毕生服务于教育界，六十一岁退休，乃撰是篇。退休前居扬、沪两地各三十年。

忆旧笔记，前人多有之，文学之一体也。南朝梁代即有宗懔《荆楚岁时记》，所记皆两湖一带岁时节令风物故事，其后隋、唐、宋、元、明、清及民国迄今多有类似著作，内容广涉政治、经济、文化诸端。作者或官或民，要皆亲身经历，故或朝或野，皆具史料价值。而体例多端，形式各异，然也不外乎因类立义，刊修经时云。

先父是书，以历年所居寓所为点，社会为面，每居一处，则以是处具体生活为据，故以《寓记》名之。或叙家事，或射世事，乃为一历史阶段之国事家事之具体而微。其间历清末、民国乃至新中国成立后之十有二年，实为中国十九世纪末至二十世纪中叶之沧桑巨变时代，虽为个人之经历，也可见时代全豹之缩影，非仅一斑而已。

内附《里门杂咏》三百余首，以七绝形式，咏记扬州名胜古迹与民间俗谈，实为《寓记》之一部分，因其专题而附编者。

全书文字系清末民初流行通用之文言体，先父出身私塾及师范文科，后来执教，又以授古文为主，故文言精熟，挥洒游刃有余，行文流畅而饶艺术性。所记内容，则多具知识性与社会性，更有学术性命题者，尤见重要。

兹本书问世，先父冥寿已百一十有六年，生前著作，束之高阁五十有五年，余未尝不默然以愧 ，悄然以惧也，今乃得庶几小补乎？

扬州晚报编辑慕相中君，研究整理扬州历史文化资料多年，为蒐集先父各类遗稿不遗余力，兹为本书用字以简易繁，并打印成卷，殚竭良多，厥情可感。本书原稿曾请扬州作家协会主席杜海过目，承热心推毂，并致谢忱。而编务及出版诸事，则悉赖编书家董宁文君总揽。董君固余忘年旧交，毋庸片语客套云尔。

俞律于南京，岁次甲午，年八十有八

目录

寓记

寓记者，记余一生经历之诸居处也。《说文》云：『寓，寄也。』又云：『寄，托也。』又云：『宅，所托也。』古文亦作『宀』或『广』，皆屋象。故寓从寄，言托其身于屋也；从所托，言身所托之宅也。所托之宅，犹言曰家、曰室、曰庐、曰厦，皆居处之义也。

今言人生四需，曰衣、曰食、曰住、曰行，而住为首需，盖衣焉食焉咸托于兹。陶潜诗云：『斯晨斯夕，言息其庐。』故人虽至贫，未尝无容膝之地，取蔽床席。余居扬三十余稔，居沪亦如之。人事靡宁，屡有迁徙，德业无成，栖迟讵拙，时乌欣扶疏之托，诗人有吾庐之爱，爰历叙其境，而以余生经历家室琐事、闾里杂闻系焉，凡得十有七篇。

湾子街

湾子街，余诞生地也，时清光绪二十五年。

扬城斜街有二，曰罗湾、曰湾子街，两街曲而相衔，旧时统称湾子上。《扬州画舫录》云：“新旧二城斜街，惟湾子上一街，如京师横街斜街之类，盖极新城东北角至西南角之便耳。”是街今起北皮市街口，中经洗马桥、东岳庙、马市口、石牌楼，至打铜巷止，中段多手艺店，有假发、牙刷、金线、铜首饰、铁锁、木梳、纸扎、

> 作者像（一八九九—一九七五）

雨伞诸行业，日闻敲锄锯剉刀削声。重阳节后夜作，深宵人静，月色满街，店中操作不止，杂以村歌俚曲。余尝谥为“劳动街”，有句云：“喜轿家家过，劳工夜夜歌。”喜轿云云，谓里俗也。湾谐音“万”，湾子，犹言万子，故婚娶之家，恒令喜轿绕街一行，借兆多子之吉，亦陋俗也。

余父名士田，字子和，幼习金线业，长设肆于此。金线原料，产南京龙潭，以大幅金箔，切成狭长条，尺许为度，谓之金皮。操作时，用铁锭一枚，中套铜线为锤，上端系以曲钩；染栀黄色之棉线，下端以右手搓之，使锭旋转，左手引金皮裹上棉线，即成金线，供绣货用。母马氏，育余姊及余，姊适南京人刘君树忠，产女得病逝世。余年六岁入学，街中私塾有三，面街者为薛书房，在三多巷内者为胡书房，在洪毛厕巷内者为杨书房。余开蒙于薛，薛先生名仲坚，以四书授章句，余熟诵而昧其义，厌之。居旁旧货摊，间售旧书，余得《金铃集》四册，前半为试帖诗，后半为近体诗，盖坊本也。余爱诵，弗释手，从人求得平声哀而厉，仄声短而促一口诀。字揣句摩，始辨平仄。时效为五言韵语，自秘枕中。欲晋一阶，购求得《千家诗》《唐诗三百首》诸选集，吟玩弥有味。父恒夜作，母就灯缝纫，余亦低声诵李杜篇章，不觉宵之晏也。转入胡私塾，背诵四书如故。再从杨氏，杨先生，湖北人，年事已高，学有根底，始教余为古文法。上午命圈点《纲鉴易知录》三四页，下午就史事命题，余颇苦枯涩。畀余《东莱博义》，以启论古思路，稍有进。同学钱君正澐，曾从歙县洪寄簃先生习《说文》，谓余宜读之以识字，从之。杨先生返里，余辍学两载，操作家事外，刻苦问学，虽乏师承，而有博洽之愿。初读残本《曹子建集》，未餍足；进而习《昭明文选》，借选注家诠释以明义。或告余知史莫若诵《资治通鉴》，以《纲鉴易知录》易之肆，录刻陋，值悬殊。里中故家邺架富者，求假无径，时效古贤阅市，厌于贾，终罢之。余喜稗官家言而易得，《三国》《水浒》而下，《封神》《西游》偏览之。警察何某，自言粗解文义，复假余《西厢》《牡丹》诸传奇。时文之盛行者，若章太炎氏、梁启超氏、苏曼殊氏诸集暨南社刊物《民权素》，莫不假观，即《燕山外史》《玉梨魂》亦视为秘籍，常课则以《文选》、《古文观止》为主。是时也，余既疏于根本之学，而又适性涉猎，如无舵之舟，随风逐浪，又如摸索之盲，扶墙扪壁，学海浩瀚，津逮靡从，然致力綦勤，亦不得谓百无一获也。

李涵秋先生以小说鸣于时，与薛仲坚先生有亲，时来塾中，偶见余自为诗文，取朱笔加圈其上，顾谓薛先生曰："好文章是圈出来的。"窥先生之意，谓师于弟子课艺，宜奖饰多而求疵少，润色多而删削少，取其所长，则为文者有胆勇，而竿头必日进矣。此余读薛塾时事也。迨余辍学，偶值先生于途，问曰："学殖荒否？"惶悚无以应。曰："年几许矣？"曰："十九矣。"先生略沉吟曰："明日以近作来吾家。"余检所作而自谓工者缮录四五篇。翌日，拜先生于门。先生翻阅毕，殷勤询余家事，曰："汝可入高小肄业矣。"越日去报名，毋误。高小者，江都县立第一高等小学校，先生执教焉。余考入二年级为插班生，李先生所提引而余没齿铭其德者也。

校址在琼花观街，原为两淮高等小学校，嗣改县立，人称一高；另一所设旧城者，称二高。入校有圆门，进为庶务室，再转为教室，凡六教室，学生呼为堂，一二堂三年级，三四堂二年级，五六堂一年级，而以长廊贯之。一二堂间地较宽，立花坛，由此有二径，一达教员办公室，室前花木扶疏；一转往学生宿舍，楼三楹，楼前有小门，入为操场，校舍尽于此矣。校长洪巽九先生，善伊墨卿书，平日多奖励清寒刻苦子弟，主毕业生入吴淞水产学校，他日兴渔利以富国，学生从教者甚夥。教员王渥然，兴化李审言弟子，治选学。鲍娄先先生承八怪余绪，画品清逸。斋夫陈进，每日早课间预从食品肆备面饼供学生食，环而索者常十余人，陈以符号记账，靡论生熟，纤毫无误。同学刘君崇儒，仪征刘孟瞻先生裔孙。孟瞻先生以经学显于清季，著有《青溪旧屋集》，君寓东圈门街，门前犹悬“青溪书屋”旧榜。

琼花观已荒废，街有食肆名“吃吃看”。后新胜街有食肆“四五六”，六下隐“七”字，“七”谐音“吃”，歇后语也。《扬州画舫录》载，知己食熏烧肆中额云“丝竹何如”，“人皆不得解，或以虽丝竹管弦之盛语解之，谓其意在觞咏。或以丝不如竹，竹不如肉语解之，谓其意在于肉”。按此亦歇后语，盖食肆以奇异市招匾额招徕生意，郡中早有之矣。

余入一高，李先生改就省立第五师范学校国文讲席，余既两载卒业。复考入师校，校址原设左卫街梅花书院旧址，嗣

> 教场望火楼

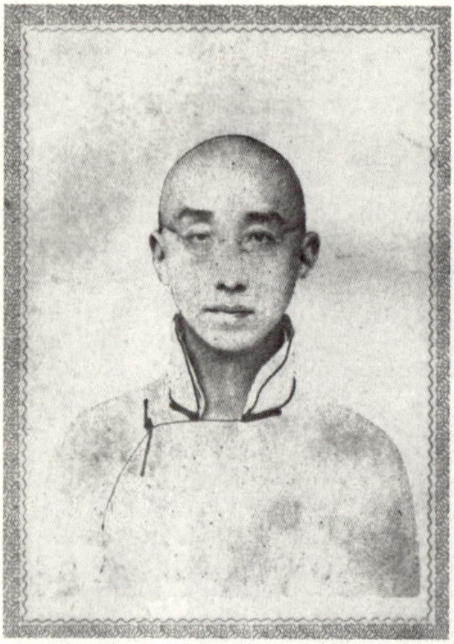

> 李涵秋

> 李涵秋小像

迁大汪边新校舍。一面依城为垣，余环短墙，建西式二楼一座，教室、办公室、仪器室、图书室均设于此。楼后右膳堂，左溷所，前辟广场，中立旗杆，再前为操场，北隅建教员宿舍西式二楼十余间。学生宿舍在仓巷仓廒旧舍。肄业五年，预科一年，本科四年，本科设国文、数理、美术、英语四组。余入国文组，时以诗文投沪上报章杂志，间为说部，得稿润辄置书。初阅《四库全书提要》，粗识治学门径。高小无图书设备，校长洪先生时假余唐宋八家文及《徐霞客游记》《虞初新志》《清代轶闻》等笔记杂文。师校储籍亦不丰，余浏览殆遍，而最喜《世说新语》《百川学海》。余性恬静，读书恒以自娱，为文亦多托兴抒怀，深为国文教员乔竦先生所不喜，每润余文，必以蝇头小楷批示满幅，字斟句酌，期臻完善。余尝谬为主张，谓少年不妨逞才，老年始宜述学，先生大不谓然。斥曰：“无学便无才！”余悚领焉。乔先生教学与李先生异径，然多奖在于诱掖，多责在于敦促，皆出于钟爱后进之诚，而企其有一艺之成，一业之立，固殊途而同归也。

校长任孟闲先生，日本留学生，攻数学，办学以笃实称。倡勤俭学风，重身教，冬禁生袭裘，己衣棉袍或短装，常立风雪中训话，勉学生毕业后赴乡村服务，广启农智。寒假逢旧历新年在期内，不放假，每日到校治校务如平时，学生亦无请假者，爆竹喧阗中，弦诵不辍。日与生共膳，不进饭馆，不入茶肆，事必躬亲，尤关注诸生品业，全校学生二百四五十名，靡不了然，并家世亦知之。生有过失，亲召谈如严父。初设初中班，实行男女同班，先生首送亲女入学，以为先导，故里望甚崇，推为新学师表，在江苏教育界中，亦知名之士。舍监贾观霄先生，善指画。叶贻谷先生精史学。李涵秋先生策瘦驴来校上课，近校人闻嘚嘚声，咸知为先生过也。操场掘得枯骸，李先生以白骨赋命题，而拔其合作揭于壁，观摩者麇集。吕凤子先生，江南画师，擅隶书，生请书联，彻夜舒腕应之。有洁癖，居无尘杂，嫌铜板多垢，以银币一元，畀斋夫易铜板置抽屉中，需用时任斋夫自取，用罄，复如法行之，终不经其手。旋就大学职，先生女弟子郑文兰继之，邑中中学有女教员，自郑始。同学李君竹子，仿吕先生语言举止极肖，后留学法国，习美术。江君轸光，传先生学，工山水。赵君八雁亦能书画，皆先生高足也。

余年十三时，清亡。光复之夕，阖城竖白旗，旧府县官均逃，狱中囚尽释，有过余门前者，闻银铛铁镣声。民歌云："扬州城，十二门，来了冒充孙天申，放出监牢众犯人，忙坏商会周穀仁，请来统领徐大人，保护扬州才安稳。"孙天申，革命党人。镇江裁缝某冒其名来扬，徐诱杀之。徐名宝山，盐枭出身，后为淮扬镇守使，时呼徐老虎。民歌颂之，盖徐以猛政戢乱，邑人一时尚安堵也。

邑人熊成基，字味根，清光绪间卒业南洋炮兵学堂，任安庆炮队营官，有志灭清，参加光复会。安庆起义失败，赴日暂避，宣统二年回国，谋刺海军大臣载洵于哈尔滨，被捕就义。光复后，邑人为举行出丧礼，素车白马，备极哀荣。后于北郊辟熊园，革命先烈，与湖山同垂不朽矣。

抵制日货运动兴起，时值暑假，旅外学生会领导里中学生，利观音香市香客多，夜赴观音山，设台宣讲爱国之道，余预焉。嗣后"五卅惨案"发生，余亦列身游行队，怒斥英日暴行。

余居屋两进，前进为店堂，后进为堂奥与寝房，中间右天井，左庖厨，而无栊梢，盖屋皆两楹

> 任孟闲

也。窗木格，糊以银皮纸，天井夏有盆荷，父手植，墙阴母种番瓜，牵其藤上屋，结瓜大者如斗，以梯摘。厨畔有小室，余所居也，设短案置书籍笔砚。北向无昀临，惟雪积，室生虚白，时有冻雀啁啾檐际，伴余吟诵。朱夏烦热，晚启窗纳萤，流光入帐，顿有清凉意。余少未临池，故长拙于书，壁悬清包世臣书联，沪上有正书局石印品也，不识其佳，聊破素墙寂寞而已。居余宅后两进者，屋东佘氏，天主教徒，家蓄洋狗，置照相器、留声机，街中称为洋派，其家亦不与四邻通往来。街低洼，初夏淫雨，积水成泽国，东岳庙前最深，没行人膝。

东岳庙，每岁东岳诞日有会，庙内外皆设摊，货儿童玩具，庙前广场立旗杆一

> 上世纪三十年代的琼花观牌楼

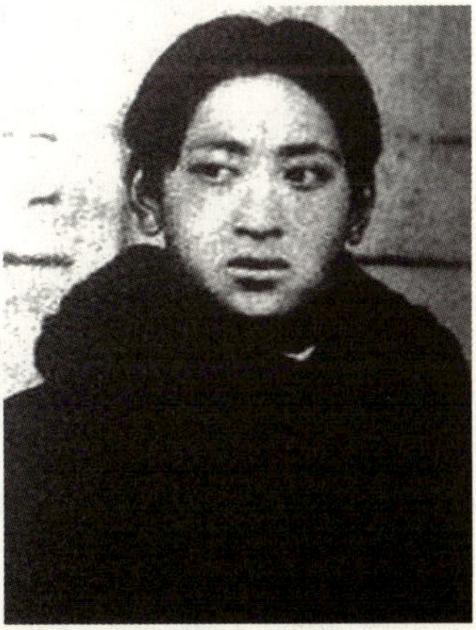

> 熊成基

对，上梢有斗，乌鸦栖集，冬日夕阳数点，绕斗旋飞哑哑不止，增神祠荒寒之观，盲妇说唱淮书于此。左为鱼皮巷，通板井，李涵秋先生寓在焉。

洗马桥，古二十四桥之一，见沈括《补笔谈》。今桥下故河已填塞，但街道隆起，留存桥迹而已。按《统一志》云：“扬州二十四桥，在府城，隋置，并以城门坊市为名，后韩令坤筑州城，别立桥梁，所谓二十四桥者，不可考矣。”然据《补笔谈》所举二十四桥名，舍洗马桥外，其开明、太平诸桥，今犹存。郡城多桥，隋唐以降，屡有兴废，或易名称，其存没，非不可考，实不尽可考耳。

马市口为街中闹市，药店、烟店、茶食店、酒店、饭馆，望衡对宇。饭馆得意楼，以杂素闻名，杂素，什锦羹之俗称，实荤食也。

石牌楼有李姓衣庄，余姐夫刘君执业于此，余姊故世，遗女由余母抚养。

柏家井在三多巷内，夏晚月上，店伙多纳凉于此，各携乐器作奏弹会，或引吭唱粗犷香火调，或曼声为婉转花鼓曲，铁绰高歌，红牙低奏，各臻其妙。围而听者，据木凳，凭竹椅，男则摆扇于手，妇则伏婴于怀，素辉烛之，莫不神凝目注，一幅市井行乐图也。

薛家大院为荒场，幼年春放风筝，夏捉蜻蜓，秋捕蟋蟀，均于此。余最喜蟋蟀鸣声，岁以瓦盆蓄，置诸床次，迨长犹然。余为蟋蟀歌，中有云：“晚来凉雨过，朗月开新霁。似有不平情，纷纷虫振翅。一室满啾声，身恍郊垌置。悦此金商音，倚枕听忘寐。”

大院右为黄姓宅，其家人有考入京师大学者，犹效中举故例，揭榜于门楼屏上曰：“黄某高中北京京师大学堂某科。”蓄一犬，甚凶恶，见外人必狂吠，邻舍无敢近其居者。使吴敬梓氏复生，必为之增一回书而标其目曰：“恋功名新科变旧举，傲邻舍恶狗作忠奴。”

江筱帆，以讼师致富，出必御轿。有孙名腾蛟，独子，出随一仆，衣饰甚都。年已及冠，不读书，颇与街中手艺店伙瓦木匠亲。擅吹笛，里中称扬州第一支。岁时杂戏，嬉春闹灯，或迎神赛会，乐班不得其奏笛者必减色。后入沪上大世界主花鼓戏，为维扬文戏创始人。余尝访于戏房，犹津津乐道湾子街旧事，客死金陵。

洪毛厕巷通玉井，吴笠仙氏寓此。氏以画菊名，秋日列盆菊满庭户，供观摩。然氏不学，画稿以调铅涂脂为重，殊失东篱高致，盖工而无韵之俗匠也。

街有张哑巴，善画钟馗像，时持木剑对镜舞弄，人发其稿，幅幅样本有新姿。故为人所作，各具倚天斩鲸之致。尤重点睛，虽纸上像，其目炯炯有神。父为木匠，邻戏之曰：“君郎善图判官貌，鬼不敢上君家门矣。”匠笑曰：“鬼不敢上吾家门，然则来吾家觅哑巴画者，岂神仙乎？”匠固讽语，邻误以颂语传之，由是求画者日踵门。哑妻亦木匠女，教之以木雕钟馗像，为童玩具，大者亦可设供。

> 吴笠仙

街中大户，推定远方氏，其居人呼方公馆，对面照壁后为方家大院。方濬师，清咸丰乙卯举人，官直隶永定河道，署臬司，有《退一步斋集》《蕉轩随笔》。方濬颐，清咸丰辛酉进士，官江苏知县，《安徽通志》稿人物传均有传。家有梦园，多蓄金石古器四库古籍，后古器散入吴大澂、沈秉成两家，故两家庋藏冠海内。余得申报馆光绪铅印本《梦园杂说》，毁于“一·二八”之乱，忘其为方氏谁著矣。其后人有留学东瀛者，娶日女为妇，峨髻和装过市，居人咸目注而手划之，呼为东洋婆。

高小同学萧君汉，与余同寓街中，情谊殊疏。后君肄业上海商科大学，邂逅瀛壖，始有文字往还，商榷旧学，君有《论语新义》，欲示余而未果，年既不永，稿亦不知流落何所矣。

琼花观冬日施粥，天未明，饥民扶老挈幼过门前，衣不蔽体，有赤足者。余方制书帙，感而赋截句云：“何日人间患难除，严冬风雪绝愁余。哀鸿卒岁无衣褐，愧剪新装被架书。”

> 方濬颐后人在梦园的珍贵合影

院大街缸巷

余卒业师校，入县立第一女子高等小学校为国文教员，是为余入社会服务之始。女校在旧城文庙侧，距湾子街远，因迁院大街缸巷。

院大街南起南门街，中经三元巷、文昌楼、皇宫，至北门街止。缸巷在三元巷与皇宫间，本无名小巷，以巷中置有王回回缸店存放之僧尼火化缸多只，人遂以“缸巷”呼之。

余居在巷底，屋三楹，东有厢，西为廊，通后门与庖厨。庖厨侧有小院，旧植桃、杏、桑诸木，皆成荫结实。竹林春产笋，夏有凤仙、大碗、晚饭等花，丛生如锦簇。后门外为皇宫照壁后，右通三元巷。屋主李氏，祖名长寿，里谚云：“跟着李长寿，穿的湖洋绉。”故其家素丰，居有大厅、住宅、花园、船厅、花厅。子孙衰落，分居，余寓本花厅而改为住宅者也。

李氏有老妇，年七十余，细足，望之亭亭，少有风吹美人之称，殆妓而姬者。日召邻为方城戏，母亦时预焉。

> 卢殿虎（一八六七—一九三六）

船厅居曹姓，尝寓京，携搓板归，不识其用，曹妇曰："此浣衣器也。"教人以用法，咸讶其除垢之功速，而无手涤洗之烦劳，然恐其损衣，未敢遽效。嗣窥曹妇习用之，固无害，始恳亲友自外地购回，浸及四邻。一器之征，弃旧尚新，固有周折矣。

公道桥人王绍鹤，亦寓此，土讼师，榜其门曰："大律师王绍鹤"。时有乡人来其家议讼事。

三元巷有宝应人卢氏殿虎寓，氏曾任北洋军阀时期江苏省教育厅长，镇扬长途汽车公司，其主创也。江北水灾，氏为赈济会，以游艺场形式行之。地设大汪边师校，搭芦棚十数座于操场，聘小京班暨沪上杂技等演奏，各有场地，如大世界小世界制。时值寒假，学生为服务员。此为邑城创举，观者日千百人。大汪边本南城隅僻地，至是，笙歌如沸，裙屐杂沓，一时推为盛况。而寓赈于游乐中，惠而不费，宜邑人襄其举者之众也。

文昌楼旧称文昌阁，在古市河上。下层为桥，东横道为院大街，西直道为县西街，而以是桥通之。上层为楼，周以木格窗，登临可眺旧城全境。北有四望亭，高与比肩；西有文庙，即府学。

皇宫有殿，盖琉璃瓦，门前搭铅皮棚为菜场。邑城菜场有二，一设新城教场，此其二。私立扬州中学设宫中，校有进步教员，学生受熏陶者众。余姨侄女孙玲玲，受业于此，后更玲玲名为锋，参加苏北革命工作。

有瞎汉设香烟纸摊于菜场，售烟以支计，纸以页计，能以手摸货币知数目，人无敢欺者。自言尝为炒货店磨油工，不堪店主苛刻，乃自设摊，博利虽微，差能独立为生。人问胡不习算命业。曰："信此术者日少矣。"时，邻有评话人，日教徒演习于家，往窃听，故能揣摩其口吻，说演义书。时有相熟坐摊次听之，欢娱嗢噱，莫不神移，或劝之改业，所获当十百倍于设摊。曰："书全凭两目传神，吾瞽，是天限吾也。"人曰："东岳庙不有盲妇说淮书乎？"曰："尝听之矣，彼重唱，复以乐器助，故无妨于瞽。吾书以白，里中擅此技者，王少堂水浒，康国华三国，莫不声容并茂，谁来听吾瞎说书，吾知易业之始，必有猎奇而来者，日稍久，则败兴而去，座上可走鼠矣。"人咸贵其有自知之明，盲于目而不盲于心也。其妻亦盲，时来摊上，能以舌穿针缝补，见者，以为神云。

皇宫照壁后有棚户两三家，余居后门近邻也。贾姓、张姓皆海州人，以推独轮车为业。茅屋两间，篱落围之。豆藤自在攀援，秋花为盛。榆柳高于屋，夏蝉嘒嘒，与余家小院木上栖止者相酬唱。张姓有子二，长为人担水，余家饮料所取资焉。有龙江者，居稍远，秋煮邵伯菱为市，生涯颇不恶。

余室较旧居宽敞，窗明几净，寝室也，亦书室也。曩以不得《资治通鉴》为憾，既得薪俸，乃购置上海涵芬楼影印江安傅氏藏宋本一部，余爱宋版书，以其字体劲拔，刻工精整，行疏幅朗，怡悦心目。力不能致，以仿刻本影印本代，虎贲郎中，慰情于无。后客海上，颇多采获。仿刻者，有黄氏《士礼居丛书》、黎氏《古逸丛书》、蒋氏《密韵楼丛书》、刘氏《汉书》、胡氏《文选》、江氏《唐人小集》、吴氏《双照楼宋元人词》；影印者有故宫博物院《琳琅丛书》、涵芬楼《续古逸丛书》，暨四部丛刊中诸影印宋本，古书流通处《宋六十家江湖小集》则用虞山毛氏汲古阁影宋精抄；他若《留真谱》《钵山书影》《故宫书影》《陶氏书影》，亦兼蓄之。皆鸿编巨册，字大者如钱，细者如丝，宣纸印者洁如雪，皮纸印者韧如茧，罗纹纸印者薄如翼，开卷自有一种迎人爽气，扑上眉宇。赵松雪题宋本文选云："霜月如雪，夜读阮嗣宗咏怀诗，九咽皆作清冷气，而是书玉楮银钩，若与灯月相映，助我清吟之兴不浅。"此真迹也，覆本自大有间，然所谓玉楮银钩，犹仿佛之。清黄尧圃以佞宋称，余酷好影宋本，亦一佞也。余既得通鉴，欲钤印简端，藉志翰墨姻缘。丐人篆刻，辄不当于心，因发愤选石自治，是为余习金石之始。余无室名，未能免俗，题曰"思美人龛"，用灵均九章目也。后以诗释之曰："我亦无所思，所思在典册。人间多奇秘，寤寐恒转侧。我亦无所忆，所忆在旧识。楚楚素心人，都作远行客。我亦无所念，所念云山隔。不见绿杨城，江南初寄食。我亦无所怀，所怀芳兰泽。采之欲遗谁，含意空脉脉。人生其谁不钟情，渺渺余怀非一物。谓余拳拳有其人，雾鬓云鬟殊仿佛。问余悬悬果何人，姑射湘波益恍惚。义山锦瑟思华年，彭泽闲情为丽则。事之所无情或存，情之所存心从适。思美人兮思美人，镜花曜朱水月白。履清笃素怀其诚，贫贱辞荣攻图籍。寓形百年方盛颜，敢以流宕亏吾德。”

女高服务两载， 碌碌无建树，三五生颇相亲，通笔札，时亦相携来余寓，外间有蜚语，余不自安。由母校长任孟闲先生为介，改就高邮县立师范学校聘，是为余入中学教书之始。邮校在城东文庙内，余授一、二年级国文。许生绮禅为诗文有法度，时以所作投《高邮日报》，报征诗钟，多获魁选，后生可畏，信不诬也。邑城外有文游台，宋秦太虚故迹，余尝登其高处，四顾辽廓，盂城万户，宛居甓中。运河蜿蜒如长蛇，风帆袅娜其上，黄叶千村，历历可指数，两淮平原，无惭沃壤矣。沿途堤岸旁，时见人家结茅而居，参寥子诗所谓“小航泊处谁家住，修竹疏花宛似春”者也。城中有公园，城市山林，粗具旷观之致。余课余恒小步其间，客中未携卷帙，灯下润色学生课业外，追念家山旧事，成《扬州杂咏》百首。

李涵秋先生弃世讣至，倚歌代哭，哀悼遥天，弥深梁颓之痛。余未列绛帐，而先生视犹及门，奖勉备至，培育之恩，高于云天。先生在日，著述等身，以虞初九百，雄视玷坛。时有北林南李之目，林谓林畏庐也。畏庐以译书称，先生则出之自撰，然异曲同工，声华并茂，盖以稗官家言相伯仲者也。至先生文格，实承清吴文木《儒林外史》之绪，以讽刺为旨，与吴趼人、李伯元所作说部齐足并驾。惜盛名之下，报社书坊求稿日众，先生晚年疲于应命，非复精心结构，时亦有赝作溷杂，不免有损令誉耳。

北伐军兴，师校停学，余去职旋里，在邮凡两载。

余年二十八，与范氏女素芬结婚，任孟闲先生证婚，勉余夫妇曰："旧式婚姻，夫妇爱情始于婚夕，爱情之基，在于互敬所长，各竭所能，敦同居之谊，尽相助之道，则久而愈亲，老而弥笃，虽白首相对，犹婉愉如婚夕矣。"观礼者莫不莞尔，而深服先生言之切而义之确也，不特余夫妇终身奉为箴铭焉。素芬家贫，少读小学一载而辍，然好学不倦，婚后日从余问字，稍稍授以字形之学，取便望形而知义也。尝以"妒"字询余曰："男亦有妒者，而字从女何也？"余曰："类此者夥，不仅妒也。"曰："是慢女矣"。余韪之，作《字慢女说》，其词曰："古人造字，不出六书，三曰形声。形声一曰象声，又曰谐声。凡形声之字，半文主音，半文主义。"《说文》释形声云："以事为名，取譬相成。"以事为名者，如妒以女为名也。取譬相成者，如妒，譬其声如户，即象户之声，或谐户之音，因取户而成其名也。《说文》妒字下云："妇妒夫也，从女，户声，当故切。"妇妒夫，属女事，取以为义，此半文主义也；

> 俞长源夫妇

户声，当故切，取譬户之声而成其义，此半文主声也。《说文》女部，凡收二百四十有八字，皆取与女相关之事而成文，故均从女。人生于女，故姓从女，其姓之从女者，有妞，有娸，有妘，女号从女者，有娀，女字从女者，有妲，有嬿，有婴，有婕，有婤姶，女师称娶，妇官称嫱，此皆古事而名专者也。少女为奼，老女为媪，夫偶为妻，夫母为姑，女兄为姊，女弟为妹，兄妻为嫂，兄之女为姪，妻之女同出为姨。合二姓为婚，曰媒，曰妁，女适人曰嫁，男取妇曰娶，婚谓妇家，姻谓婿家。言女有身，妊为孕，妊身动为娠，生子为娩；言女美好，曰姝，曰好，曰姣，曰媛；言女德性，柔顺用婉，委屈用委，雅用娴，谨用婡；言女姿态，或婵，或娟，或娇，此皆今所通言，而古意不变者也。然自男权是重，女位斯降，封建礼教，横加欺侮，虽形声字行，滋乳为用，而以女为名，意涉轻蔑，实有可议者。女固善妒，男亦多忌，而妒从女，嫉亦从之。奸者不必女，而奸从女，姦亦如之。媮者巧黠也，苟且也，男亦有之。而媮从女。嫚者，轻侮也，亵污也，人所共有，而嫚从女。贪曰婪，男为甚，而婪从女。狠曰婞，亦男甚于女，而婞从女。男亦有丑陋者，而媸从女。男亦有轻薄者，而嫛从女。凡表亵狎之字多从女，曰姘，曰媟，曰媟，皆是也。凡表戏乐至字多从女，曰妉，曰嬉，曰娱，皆是也。古有嬖人嬖臣之称，而嬖固从女，男亦有求媚取媚之行，而媚固从女。奴为奴婢之称，而男子委屈求媚为人轻贱者，诮之曰奴子、奴才，奴颜婢膝，皆借用从女之奴。妖为冶荡之义，而男子言行诡异不经者，诮之曰妖言妖术，妖魔古怪，皆借用从女之妖，此外，妨也，嫌也，媿也，嬾也，莫不从女，一似亏之制行，皆由女而生者，今惟媮或作偷，嫚或作慢，媟或作渎，妉或作耽，妖或作訞，嫌或作慊，媿或作愧，嬾或作懒而已。文字通假，古有义例，字少用广，进化之轨，然创字之始，必有社会意识存乎其间，爰举其大略，为倡女权者进一解。

长子律，既生四载，次子启生。街有王媪，回教徒也，老于收生，二子呱呱坠地，皆经其手。后女理生，于府东街外舅宅中，亦媪助产。

律为余父所钟爱，日携往蓄家禽之邻舍看笼鸟，看鹅鸭，而律喜赴后门张家看所蓄小花狗，尝信口为谣曰：“张奶奶家狗，咬人不丢口。”亦天籁也。素芬产启，律依依床畔，余父召之出外，辄摇首，低声唱儿歌以解母寂寞。启卧摇篮，时以指弹其面曰：“饥乎？寒乎？胡不告哥哥？”喜弄棍棒，素芬归宁，外舅家必预匿门闩等物，外舅外孙多，恐误伤也。

短篇小说集《喜轿》完稿，由沪上真善美书店出版，旧作《文言说部》亦由国华书局汇集印行。

北伐军入郡城，有歌曰：“打倒列强，除军阀，国民革命成功，齐欢唱。”童稚悉能歌之。革命女战士入市，皆短发戎装，时有谣诼，谓其坦然入浴堂沐，盖奸匿惑众，而守旧者误传之，非事实也。北伐军旋退去，军阀孙传芳残部复据郡城，期回戈渡江，而江已封锁，扬地遂成围城。孙军纪弛，妇女效革命女军人，已截发者，皆为假髻，伏处深屋。学校师生，亦匿不敢出，仅龙钟老年入市购物。日照西倾，巷陌即绝行人，偶闻号角悲鸣，征马惊嘶而已。不久，龙潭一役，孙军大溃，其驻扬军亦自退，同学陈君汝衡，有《围城记》。

余既罢高邮师校职，应邑人柴芷湘先生召，赴沪代其法政大学预科讲习，是为余就业沪渎之始。

柴先生为任孟闲先生戚，知余奋砺旧学，故委职庖代，勉余曰：“申地学生较浮躁，汝遇之以至诚，督之以实学，必相安也。”余谨受教。在校一年，颇以余暇治学，浸及新知，缀文多以白话。昔在里中，最服膺汪容夫氏文，步趋不舍，谓其文高古富赡，可药桐城阳湖之弊。韵语运以选体，自喜辟蹊径于唐宋以外，而引杭县谭复堂氏所为诗为同调，至是尽废之。时海虞曾孟朴先生设书肆于棋盘街，标文学尚真善美之旨，印行《真善美》杂志以倡其风。余尝拜谒其寓，书斋轩朗，壁橱贮法国文学书至富，盖先生固攻法文者也。所倡真善美之说，亦深受彼邦文学理论之影响。清季以长篇说部与先生《孽海花》争鸣者，皆物化，先生犹健在，巍然为鲁灵光矣。杂志由其子虚白先生主编。有张谷若者，以女性文为号召，为杂志辑女作家号，堕书坊，射利习，余腹非之。

余初旅沪，寄寓同学杨君家。地近法国公园，禁中服入。或以西服要余易装一窥园，余笑谢之。彼贱中服，是侮吾国也。易服以适彼非礼之制，是自侮也。身为黄胄，土居祖国，稍有血性，岂忍为此鲜廉寡耻之行耶！

同学刘君与师校旧任教员任子翚先生合股开设新光理发室于云南路，余亦尝借寓。主业务者，身短矮，人呼小东洋，尝谓余曰："吾扬人操理发业于沪者，恒为人轻贱。论业本无高低，人以自立为生为贵，彼不事生业，养尊处优，而鄙吾业者，实可耻之尤耳。"余韪其言。时店雇二少女，服杂役，谓之女招待，余戏小东洋曰："君等男子不善招待乎？"曰："先生得毋谓女招待为装饰品乎？此在女子本身，有志入社会执业，实未可厚非。弊在店主招之之意不纯，而座上宾又不能思无邪耳？"余又韪其说。

法政代职期尽，新识沈炳文先生，又介余入沪江大学，代朱荣泉先生课。朱先生授《文心雕龙》，余稍变其书体例，组为我国古代文章学以继朱先生后。学生虽善余法，而于征引古籍古篇章，素所未习，领会粗疏。当世学府文科，教师务为高论，学生获益殊鲜，若教师趋向平实，学生又以浅陋轻之，此大弊也。朱先生病愈，余转就附属中学聘，授高中国文课。中学教员有美籍者三四人，国籍者大半教会大学卒业。每会，发言者多用英语，便于外侨而行媚，置不解外语之同仁于局外，则态傲，余默笑而已。时寓校中，同舍武进顾惕生先生有顾怪之目，不良于行，自校赴沪市，不雇车，携竹筐蹒跚军工路中；以经济煤炉自炊于室，窗户皆闭，不以烟熏味嫌；体上赤而下著厚裤，怡如也；午寐晚兴，读书至深宵不辍。平生不善紫阳之学，尝夜扣余室门，告曰："朱熹适来与我辩，理屈词穷，狼狈而去矣！"此事在不解先生者闻之，一噱而已。余揣先生是夕必秉笔为非朱之文，而大畅厥旨，心有所快，紫阳狼狈之相生焉。凡亲事精专而至废寝忘食者，恒有精诚异事昭于人，不特治学然也。谓之怪，实常也；谓之痴，聪之至极之反也；谓之狂，学有根本，知人未知，发人未发，不自觉自视之高矣。然书囊无底，学然后知不足，业弥精，学弥专，而弥虚怀若谷者，抑大有人在。事有两端，于学术之长进，固无妨也。

"一·二八"之乱，余适返里，军工路校址在火线内，旅沪新购书籍百余册，不可踪迹矣。余贮书有三厄，此其一；其二，日寇自金山卫登陆侵沪，存书于沪闵南路吴家巷上海中学校舍中者，悉付一炬；其三，扬城嗣陷，家人远避，外舅恐余存书碍目，亦尽火之。

小东门街史巷

史巷起小东门街，中经赞化宫，至旌忠寺巷口止。余家自院大街缸巷迁入。

赞化宫，道士所居，有殿供老君像。道士有家室，与居民混居。小东门街起小东门，有关帝庙，城多残缺，词人况夔生寓扬时得宋城砖于此。郡城旧城，原为宋大城之西南隅，新城则其东南隅，故间出遗窑，尚存宋造字迹。城门钓桥外有旧书肆，余从之时获里中文献。又有牛肉肆，晨以牛肉羹、牛肉饺供客，饺用圆镬熏焦其底，外地谓之锅贴。就食者日云集，出门以舌舔其唇上余汁，不以手帕拭也。晚有咸牛肉应市，腿肉最佳，俗谓走胫剐。主人自掌柜，设高椹，灯下割肉，运刀轻捷如切泥，而肉片匀薄，洒以香料，裹以荷叶，举措裕如。

> 旌忠寺文选楼

余晚过其肆，恒购脯一包，归饷家人。铺榜清真教门，盖扬地设牛肉肆者，皆回教徒也。

旌忠寺巷内有旌忠寺，寺后建楼，额曰“梁昭明太子文选楼”，传为隋时所建。按是巷本隋曹宪故里，宪精治《文选》，邑中李善从受其学，为《文选》注，淹贯该洽，号为精详，后之五臣，训释旨意，皆所不逮。《文选》之学，实由善传自宪者也。昭明封邑，萧梁时在贵池，固有文选阁旧迹，而宪善为《文选》功臣，宜为之配，故邑中之楼，不必据为昭明著书处也。是巷旧名曹宪巷，后一名文楼巷。清仪征阮元寓巷中，筑文选楼，庋所得元张伯颜、明晋府刊雕《文选》诸本，嗣又得南宋淳熙贵池尤延之本，惊为无上古册，镇之楼中，题家藏《延熹华岳庙碑》诗云：“我今快得四明本，玉轴绨囊示尊显，丰全范钱三百年，入我楼中伴文选。”刻藏书印曰“文选楼”，曰“隋文选楼之印”，曰“家住扬州文选楼隋曹宪故里”。其弟亨以元所著与同时学者所著诸书合刻，亦命曰《文选楼丛书》，况夔生寄寓巷侧，有《选巷丛谈》行世，此皆与文选楼有关故实也。今截巷中元寓一段，改名太傅街，盖元仕清官终体仁阁大学士加太傅也。

阮元《扬州文楼巷墨庄考》云：“扬州文楼巷墨庄者，宋刘斆，武贤，滁三世之所居也。刘式者，李唐新喻人，生五子，其第四子立德，立德生斆，斆生武贤，武贤生滁，式开宝中随李氏入宋。……妻陈夫人，既寡，以遗书教诸子曰：……‘先大夫有书数千卷以遗后，是墨庄也。’……世称墨庄夫人。……斆官太中大夫，历守淮、扬、池、睦、温，始迁居于扬州文楼巷。武贤知盱眙县，生滁于全椒；滁以通直郎致仕，子清之，清之子澄，与朱子、罗愿相友善，滁请徐兢、吴说各以所善篆、楷书墨庄字。……朱子《墨庄五咏》，一曰《墨庄》，二曰《洌轩》，三曰《静春堂》，四曰《玩易斋》，五曰《君子亭》。”此故事为旧志所未载，元为纂《扬州图经》而考之者也。后以“墨庄”两字榜藏书处者，宋有张邦基，元有申屠致远，清有朱继炜。

小司徒庙在旌忠寺巷侧，女尼所居。余姑母殷氏孙女少寡，寄居于此，以十指缝纫所得，含苦茹辛，教其子成业。

余居三间两厢，左房有套室，后门临后李府，屋主姓吕，出身瓦木匠，居在余宅前，分一间与广东人刘妪居。妪时来余家，灯下谈岭南风俗气候食用诸异事，家人如听海客谈瀛，饶有兴味。

律年七岁，始入城西小学肄业。启方三龄，每日值律散学，必随家人往接，而背其书囊以归。遇雨雪，则候于门，归稍晏喃喃自念曰："胡不归，胡不归。"探首见律影，则载欣载跃，曰："来矣！来矣！"脊令在原之喻于焉验之。

父年六十三，以伤寒症弃养。越两载，母亦见背，年六十一。两亲勤苦一生，晚境少裕，竟不克终养。余不仅蓼莪之废，风木之悲永矣。

余旅沪后，每寒暑假归，父必谆谆戒曰："海上为风尚华离之所，毋堕其习。苟趋游豫，当念余在家刻苦如少年时也。"父笃于姊弟之情，姑母孀居，老而艰于奉养，岁时节日，家馔稍丰，必延来分享，或择肴之精者，携盒送往。姑母疾，聘医就诊，亲调汤药，痊而后已。初卜史巷宅，戚见堂前有人家高屋山尖对峙，谓主不祥，父笑置之。既徙入，套室有长蛇悬梁间，邻令焚香送之，父击毙抛河内，盖平生深恶迷信之说也。余外家无后，以大姨母子为嗣。子贫苦，母以夜作所获，助之就学，复节家用而蓄之。迨子长，为之娶妇。先人懿行，余愧未能绍述，举其荦荦大者，以志永慕之诚云耳。

余在沪江大学附中时，已兼上海市立务本女子中学课。"一·二八"乱后，改就女中专任职。女中设于清季，吴怀久氏创立，初名务本女塾，后改官立，始称今名。校设小西门黄家阙路，附设附属小学，盖校有高中示范科也。余教高中、普通师范两班国文课，诸生多善新体诗，尝率普通科一级，赴吴淞口为文字写生，所作诗多于文。是时国难方殷，忧时托兴，不仅润色江山已也。周生幼承家学，长于属文，

> 民国时期的小东门城楼

是会初运韵语，怀纾己轴，词采斐然，推为压卷。余汇为一编，命曰《夕秀集》，而题七律于其端，曰：“红妆弟子半能诗，玉韫珠怀试吐奇。远绍国风归正始，当场旗盖出偏师。闲闲素袖吴淞集，袅袅秋飔楚子思。夕秀一编期启振，朝华何惜谢葳蕤。”教师朱香晚先生，精音韵训诂学，顾君谊先生精毛诗学，学生皆知敬佩之。大夏大学教授邵爽秋先生倡青年布衣自织，刻苦勤励，来校讲演国事，声泪俱下，学生亦皆饮泣。盖日寇蠢动，危象已萌，而东省守将秣陵要津，无枕戈之奋，期和议之安，故余感时有句云：“关东镇守鱼游釜，江左名流虱处裈。”泛言名流，而不显责当轴，避言祸也。

王校长去职，学生以挽留不获起风潮，从其矢于市教育行政当事，围而攻之于校。有蒋某者，汹汹然至教员宿舍，余与数同仁咸在。厉声曰：“局长有事，尔等焉能袖手，苟踌躇，局长知之，必不宽恕也。”驱余等至围场，欲为其主子缓颊，力推余背曰：“汝先言。”余受迫，勉嘱学生静候当事处理，语甫毕，回顾同仁，已失踪影。蒋某复奔驰欲挽之回，余亦离去，遇同仁于校外，惊喘甫定，相顾一笑，至晚方归。两报社记者聚学生刺探情事，但闻学生高声“非某主使、非某煽动”二语而已。继任阎某，初惧学生不服，扬言曰：“风潮余不究。”迨就职，而除首事者之学籍。教员群起而争之。阎又扬言曰：“能保不再滋事，余命可废。”事始寝。阎某夫恒以昏来校，幕中人也。至是旧任多去职，阎又扬言曰：“某先生教授也，非余不能聘；某先生海上著名学人也，非余不能屈；某先生幼生某国，长而留学，操外语一如其邦人者也，非余不能延致。”学生咸背笑之，盖知所谓某先生某先生者，悉其夫夹袋中物，固不学无术之徒耳。

校有园，花木苇离，为学生课余散步之地。秦生有诗，余润色之曰：“雨后晴光媚曙晖，小园散步觅芳菲。等闲省识春犹浅，巡尽花枝一蝶飞。”同班生见之诮曰：“何云一蝶飞，二蝶三蝶不更佳乎？”盖此生不喜旧体诗也。忆清汪琬不喜东坡诗，尝指摘“竹外桃花三两枝”句中“三两枝”为不妥，凡诗文得失，自有公论，以一己之好恶为钧衡，必失之偏颇也。

女校排球队负盛名，尝夺标于全国运动会。李生已适人，静若处女，每结束登场，跳跃一丈，动若脱兔矣。

校医某，学生以感冒就诊，某曰：“感冒有百症，余当细察之。”生询百症名目，己属何症。某曰：“毋倒树穷根，汝症二三丸可霍然矣。”服之而加剧，以其误投非感冒剂也。

职员某，眉目清秀，善自修饰，人呼“梅兰芳”。凌姓女生爱之，婚后时反目。或以因由询与凌厚者，曰：“梅兰芳戏能百看不厌乎？”

时中华书局印行《四部备要》，可分部预购，余订其甲丙两部，尝得商务四部丛刊丁部零售本不少，嗣又得开明缩印《二十五史》，四部要籍粗具，贫儿骤富，喜可知矣。然自旅沪以来，颇疏旧学，插架稍丰，如束高阁。以视向日在里，借书阅市，勤嬉奚翅天壤！《唐才子传》云：“朱门当家，积书万卷，尘暗签轴，蠹落帙帷，网好学之名，欺盲聋之俗。”谚曰：“金玉有余，买镇宅书。”余固非金玉有余，而韦编未绝，即无网名欺俗之心，能不懔懔，有镇宅饰观之戒乎？

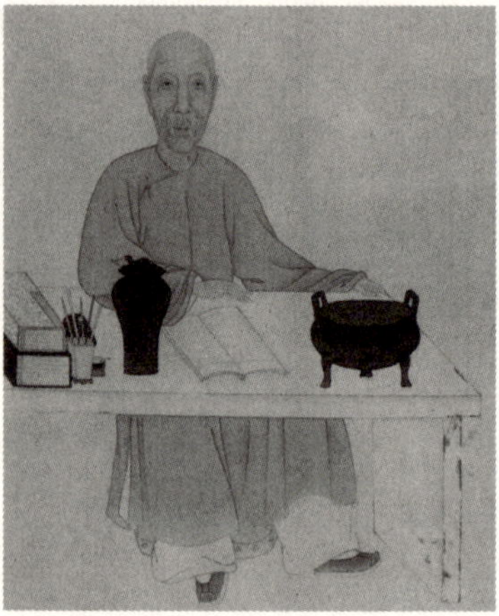

> 阮元像

学生有春假旅杭之举，余附往，饱览三竺六桥之胜而归。平生足迹所及，沿运河北上至高邮而止，沿沪宁路仅达金陵、京口、常州、无锡、苏州、沪上诸地，沿沪杭路仅达松江、杭州一地，此外则有义兴。管子云：“少闻曰浅，少见曰陋。”余学疏识寡，固不能免于浅陋之诮矣。

府 东 街

余寓府东街，外舅范氏宅也。

府东街南起太平桥口，中经古巷仓巷，北至府东圈门。

太平桥架古市河上，亦古二十四桥之一之遗迹。古市河南通南门外响水桥，出运河，北通北门水关，出城濠。桥西侧有华大王庙，供药王华佗像，僧徒所居。小东门城楼出古钟，铸双翅，俗呼飞来钟，后移置庙内，扣之，声闻数里，桥爪府东街尾，设茶灶，灶主尝告邻：“深宵辄见桥神白须垂胸，踯躅其上。”由是邻近昏后，即不敢就灶沽汤。灶

> 臧谷

主深悔以恍惚之词而减其业之入，于是复诳众曰：“桥神去矣。”桥名太平，神出兆乱，神去兆安，始稍稍有壮年于昏夜临其肆。事属迷信，而足以揭迷信之欺罔焉。

古巷通大汪边，省立第五师范学校设此。巷中有华昌袜厂，招男女工百余人，以机织袜，分机织、洗染、熨烫、杂务诸工职，规模粗具之小型工厂也。扬地为手工业城市，袜厂与东关面粉厂，则邑中轻工业之萌芽。

仓巷以旧仓廒得名，师校学生宿舍设仓廒旧屋中。

府东圈门俗称“东圈门”，郡城东圈门有二，一在新城运司街，为旧盐运使署之圈门；此则旧扬州府署之圈门，另有西圈门与之对峙，旧扬州府署今改设省立第八中学。

街中大户有臧姓者，人称臧翰林家，翰林名谷，字贻孙，清季以诗推邑中骚坛盟主，李涵秋先生《广陵潮》中述臧太史调瘦西湖上船家女而陷粪窖事，即影射其人也。有卢姓者，人称其居为卢公馆。厨师善烹饪，师校江南籍教员尝寄寓其家。同学崔君为母校体育助教，亦寓此，取其家使女为外室，弃旧室德而重新人色，未识置师表于何地也。

刘顺设饭店于街，以毛豆烧斩肉驰名，贫家视为供客佳馔。

朱姓家有井，邻就淘米，必撮数十粒酬之，余称之为“水米交”。杂货店主刘奚，年已半百，邻犹以小奚呼之。早丧妻，不续娶，抚育三子一女成人。女理家事，子襄店务，均谨厚勤俭，人咸敬奚有父教。民国后，父子仍垂辫，奚恳邻为其子作伐，邻笑曰：“岂有民国女愿嫁清朝男者乎？”奚悟，乃尽除其家人辨。

外舅宅两间三厢，旁有客座，亦左卧房之套室也，后门临古巷。外舅名启祥，字瑞芝，外姑姓卜，无子，生四女。伯曰素琴，适孙君蔚民，赘于家；仲曰素芸，适汪君澄甫；叔曰素芬，余妻也；季曰素芳，适方君传勋，亦赘于家。四婿皆师校同学。外舅早失业，赖外姑劬劳，治家有则，处境虽至清苦，衣食敷用。以与华昌袜厂邻，伯姨仲姨各租织袜机一架，日织无间。素芬年甫十二三，辍学理纱为辅，外姑操持炊爨、缝纫、洗涤诸杂务，季姨则仍就学。室无游手，人皆勤奋。每朔得工资，预沽一月柴米油盐，井然厘然。邻里咸推外姑贤而慧，遇妇之游惰不务家事者，其老辈辄教之曰："汝学得范四太太十之三四，可以为人矣。"外舅行四，故邻里呼外姑为范四太太。伯姨既长，媒踵门至，或宣称素封之家，或侈言大贾之子，外姑悉婉谢之。尝语外舅曰："女攀高门，此谬见也。家有女而误于纨绔者，吾见之屡矣。会拣拣儿郎，不会拣拣田庄，吾大婿必以品艺选。"孙君蔚民，师校生。过外舅门，见伯姨日织室中，相为佳偶。以语同学赵君，赵君为执伐，外姑一相孙君而合。外舅怪其率，外姑曰："赵君诚实人，从不为人媒，今郑重其事，言实而无华，彼又吾家邻，遇吾家厚，是助吾选婿者也，岂有欺？孙郎学成为教员，必自立，吾舍此而他求，老眼其瞀矣乎？"

伯姨既结缡，素芬承其织机之乏，以平昔耳濡目染，织袜之技，固优为之矣。月织六百双，可获工资十二三元，日织不足，夜以继之，与仲姨相依共织，外姑缝旧为伴。灯影摇壁，月色洒窗，宵深人静，夜货汤圆之破锣声，乃益鎗鎗震耳。外姑询曰："二人饥乎？"皆曰："晚餐饱矣。"外姑曰："余何饥之甚也，启门购汤圆数枚，则勉食焉。"邻有皮匠店，亦夜作，其锄锤声闻于外家。外姑促收工，皆曰："母不闻隔壁锄锤声与歌声相杂，方兴未艾乎？"皮匠寝，翌晨语外姑曰："吾等息以宵分，何尔家机声犹札札也。"

街有白玉池澡堂，名载《扬州画舫录》，盖清乾嘉时所设也。每岁行谢汤神会，俗谓浴池有汤神，浴客之晕倒于池者，皆神所祟，故澡堂之主必岁谢之。实则浴池热气重，患血压高之浴客易晕倒，非神祟也。会之日，延店员工匠之擅香火戏者演剧，以厅事为客座，合木案为歌台，服装则借自民户，所演皆民间传说，而以梁山伯与祝英台倾动一时。外姑劝仲姨偕素芬往观，皆以织辞。外姑曰："人不能劳而无休，有剧可观，藉以稍娱身心而调精神，非废工也。"有皮匠面多疤，人呼疤子，亦工香火调。晚膳后，时来街前，击鼓高歌，昂扬悦耳，夏晚息工纳凉，外姑必率女坐门径倾听焉。

外姑尝购鱼于门，斤两不足，而鱼贩强外姑如其值受，欺妇弱也。邻皮匠肆主率其子铤而出，责贩悖理，驯至殴斗。外姑恐肇祸，受鱼而劝肆主父子归。肆主愤曰："欺吾邻，犹欺吾，吾不能设肆于此矣，今日必惩此棍！"其子复夺外姑手中鱼，倾于担盆，卒麾之去。

邻又有魏姓者，基督教徒也。一外籍宣教妇莅其家，季姨方幼龄，窥之于门，呼曰："洋鬼来矣！"外籍妇闻之，悻悻于色，闯入外家，而操华语责外姑曰："吾侨扬久，无敢侮吾者，尊吾呼洋先生，不尊称外国人，今尔家孩子以鬼诬，何无礼耶？"外姑曰："儿年幼，恕之可也。"外籍妇转霁色曰："魏家尔家邻，明日来听吾讲救主道也。"不去，魏家妇来告曰："孩子得罪洋先生，上帝无不知，入教可赦。"外姑笑谢之。

外姑患伤寒症，缠绵既久，医皆谢诊。外姑自谓不起矣。诸姨环而泣，外舅曰："街南毛牌楼有霉医张某，姑请一试如何？"皆曰"善"。霉医者，邑人谓医之少人请教者。既延至，投药三剂，而霍然矣。家人咸德之，外舅踵门谢曰："愧无重酬谢先生，更无力为先生上匾，先生著手成春之大德，余与室人当心铭不敢忘也。"张医曰："医能治人病，是其分也，故余不望报。医无实学而妄求名，名愈大匾愈多，则其误人也亦愈众。"外舅归语家人曰："张医生不要传名，吾有口在，终必为之逢人说项也。"由是，遇病家必为张医介。张医亦能诗，有句云："闲立太平桥上望，微云淡日易黄昏。"殊可诵。

女理生于此。素芬病乳，媒行介一乳娘，既获两月酬，忽自掴其颊，叠呼"兰花姑娘"作疯邪状，不得已遣之。有识之者相告曰："此妇惯以此术骗财者也"。

余时改就江苏省立上海中学聘，授高中商科国文。校高中部设陆家滨路旧省立第一商业学校故址，初中部设尚文路旧省立第二师范学校故址。第二师范校前身，则为清季创立之龙门师范，校中图书，大半沿袭龙门，故插架古籍较他省校为富。余课余埋首其间，泛览汉魏丛书暨武英殿珍本、平津馆知不足斋、宜稼堂云自在龛诸丛刻，眼界益拓。丛书之刻，清代为盛，或搜奇辑佚，或博采旁罗，或仿古存宋元之旧，或精校立考订之功，洵书林之盛事，文苑之大观也。其刻乡邦先贤遗书者，大而一省，小而一邑，或高编巨册，或断珪残璧，财雄力薄，各竭其能，亦蔚为一时风尚。其刻专业者，或经解，或字学，或医术舆地，取精用宏，为攻一科之学者所必资粮者也。张之洞云："凡有力好事之人，若自揣德业学问不足过人，而欲不朽者，莫如刊布古书一法。"余谓刊布古书，又当以丛书为尚。丛书沾溉后学，其利最溥。网罗四部，囊括百家，一也；古取典要，近求精蕴，二也；一地之辑，文献足征，三也；一业之纂，源流贯串，四也；珍本秘籍，杂出其间，五也；聚零为整，取便购求，六也。至若师心自用，沽名欺世，抉择不严，滥收夸富，校勘粗疏，鲁鱼满目，旧刻下乘，固间有之，此则刻者之戒，亦购者所当慎择者也。

南门街

南门街南起南门，中经甘泉三节门，至院大街止。

南门为新旧城十三城门之一，旧名镇淮，又曰安江，城有子城二，凡三重，郡城城门，除新辟新城门无重城外，余皆二重。此城第一重城内有隍通响水桥，第二重城内有隍通二道沟，响水桥即古市河闸，桥立木为樁，上架横木，中厚板，又甃石屈键之，封以黏土。下障木蓄水，水高于障时，下注轰轰作声，故曰“响水桥”。

> 俞长源在上海中学

> 上世纪三十年代的老南门（安江门）城楼

二道沟为古城闸，水出二钓桥，与古市河会于古渡桥入南湖。湖产鱼，渔家蓄水老鸦以捕之。水老鸦，鸬鹚之俗称，善泅水，捕食鱼类。渔家预以草圈束其颈，防其得鱼吞食，载之满舟，荡之中流，纵之入水，获鱼则倒提出之，渔人日可得鳞十余斤。养鸭家亦放鸭于此，日暮童子持竹竿来，初以招招声唤鸭，既登岸，以竿驱之归。南门谯楼有观音阁，置古战鼓二，登阁远瞩，南郊满望，长河迂折，宝塔峥嵘，古刹楼台，并疑嘘气，近村烟树，时过斜帆，远及隔江山色，淡若浅眉，游观之美，不亚平山。南湖一隅，花称荷池，外祖家旧寓池侧安墩巷，池多莲，秋日败叶纷披，汪容夫诗云：“叶脱辞穷巷，莲衰扫半湖。”咏此境也。

甘泉街以旧甘泉县署设此得名，西为太平桥，东为小东门。

三节门立石牌坊，额曰“清白流芳”，俗亦以其额呼其地，通赞化宫，旧扎军营，时闻铜号声。

余居屋主姓高，执业沪上某银行。其宅三进，前进为厅，中进为住宅，后进左为小院，有屋三楹，设后门临街，与前门相距百步许。厅右廊有六角门，进为花园，内花厅三楹，西面围墙临古市河，大连襟孙君蔚民赁居后进，余在中进，左厢凿井，通厨房，设门通小院，有屋三楹，郑姓、张姓两家合住。院中杂植葵花凤仙暨扁豆番瓜，夏晚明月半墙，清风徐至，房客以此为纳凉佳地。

余在上中，校址初迁沪闵南柘路吴家巷，寓西斋。以储书多散册，课隙手制布函，分类插架，部居稍整。函，古曰帙，拾遗记云：“苏秦张仪同志好学，剥树皮，编为书帙，以盛天下良书。”此书在竹简时代而盛之以帙者也。帙，一作袠。《后汉书·杨厚传》云：“吾绨袠中有先祖所传秘记，袠又作帙。”梁简文帝《昭明太子集序》云：“凡二帙，二十卷。”或曰囊。《隋书·经籍志》云：“秘书监荀勖，更著《新簿》，分为四部，总括群书，盛以缥囊，书用缃素，此书在卷轴时代，而裹之以袠袟，或盛之以囊者也。厥后以线装代卷轴，以镂板代写官，则包之以函，而露其两端。”何琪题宋刻《江湖小集》诗云：“绿萝阴里乍开函，馥馥古香纷扑面。”今又曰套，梁鼎芬《丰湖书庄四约》云："外省书籍多用布套纸套，书有竹简、卷轴、线装不同之制，故盛之、裹之、包之之物，亦有帙囊函套之别，而其用则一。"《书林清话》云："书称函者，义当取于函人之函，谓护书也，亦即《说文》所云书衣，故函亦以书衣称之。"古帙以帛制，有绨帙、缣帙、绢帙、缇帙，而以青白色与浅黄色为多，青白色者曰"缥帙"，徐陵《玉台新咏》序云："开兹缥帙，散此绦绳。"浅黄色者，曰"缃帙"。萧统《文选》序云："飞文染翰，则卷盈乎缃帙。"囊亦用缥缃，萧统《文选》序又云："词人才子，则名溢于缥囊。"又书《袠诗》云："擢影兔园池，挺茎淇水侧，幸杂缃囊用，聊因班女织。"盖囊以帛制者外，亦编细竹为之，故萧诗谓幸杂缃囊用也。今函套以马粪纸为骨，而以布糊其上。官藏则取缯绢，清《稗类钞》云："乾隆甲午，高宗命重辑《天禄琳琅书目》，略仿《郡斋读书志》，宋金板用锦函，元板用青绢函，明板用褐色绢函，藏书之家亦有之。"全祖望《旷亭记》云："忠敏亦喜聚书，尝以朱红小榻数十张，顿放缥碧诸函，牙签如玉，风过有声铿然。"其用纸者则坊肆陋本，此书衣之所取材，亦因书有卷轴线装不同之制而然也。扣帙古以签，牙制，韩愈诗所谓"邺侯家多书，插架三万轴，一一悬牙签，新若手未触"者也。今用牛骨，亦所以固函套之系也。自线装书行，古之帙囊失其用，凡词章家沿用之缥帙、缇帙、缃帙、缥囊、缃囊、缥缃、缃缥，已为函之借喻。洪迈《万卷堂记》所云"缇帙缥囊，鳞贯栉比"者是也，亦为书之代称。吴兴《藏书录》所云"曾纮有意汲古，

> 一九三六年孙蔚民全家合影于扬州

广储缥缃”者，与范成大诗所云“拂尘静缃缥”者，皆是也。函套容册之多寡，或视部之大小，或视册之厚薄，用在分部而居，架插井井，取便抽阅，盖不仅护书而已也。故多书之室，书皆函套。李文藻《琉璃厂书肆记》云：“宝名堂周氏购得果亲王书二千余套，列架而陈之。”亦有用以饰观者。《逊志堂杂钞》云：“朱吉士大韶访得吴门故家有宋椠袁宏后汉纪，系陆放翁、刘须溪、谢叠山三先生手评，饰以古锦玉签，遂以一美婢易之。”甚或用以饰伪，高濂《燕闲清赏笺》云：“近日作伪宋板书者，用纸装衬绫锦套壳，入手重实，光腻可观，皆失函套之本意矣。”然函套亦有弊，用之易生蠹。余制函必调防腐剂入糊浆，仍宜时时开函舒卷使书受风，庶免蠹患。孙庆增《藏书纪要》云：“书套不用为佳，用套必蛀。”又云：“常开看，则不蛀。”此又用函套者所不可不知者也。

日寇自金山卫登陆，侵入沪宁线，扬地已闻隔江炮声，群情惶遽。谚云：“大乱避乡。”居民皆争先离城，曲巷通衢，箱箧填委，车辆循夹道踵轮继毂，吱呀不绝。老乘幼怀，壮健殿后，莫不忧形于色，啼痕尚湿。入晚灯笼密接，彻夜烛行，人影幢幢，寒犬狺狺，而炮声如吼，撼屋摇土。大连襟孙君召外舅家、二连襟汪君家与素芬谋曰：“事急矣，日寇凶残，无恶不为，倘再犹豫，势将不及避。”自外姑以下，诸姊妹悉以家当为念。孙君设问曰：“命重抑物重？”皆曰：“命固重矣，物亦难舍。”孙君曰：“家当身外之物也，倘遇难荡然，有身在，勤苦可复，幸而有一草一木之存，则视为意外之获，又何恋为？”众皆泣下，谋所以合避之策。孙君曰：“避难宜分不宜合，分则此亡而彼在，合则有同归于尽之虞，此从不幸言也。分则人少，举动便捷，合则人众，互牵为累，此从躲避言也。分合相较，可以知所择矣。”于是，定谋分为两支，一支往城南刁家庙，外姑、季姨暨汪君一家属焉；一支往城东仙女庙，孙君家与余家属焉。而留外舅与王某守户，咸谓此散不卜何日聚，泣益哀。汪君家有子四，余家有子三，孙君家有子六，长十余龄，次五六龄，幼才一二岁，见长辈泣，亦频频掩袖。外姑凄然语诸外孙曰：“避难乡间，不比家中，言听大人言，行随大人行，毋喧攘，毋择饮食，毋毋毋。”语至此，泣不成声矣。孙君曰：“议既决，请明日登程，泣何济事。”孙君长女玲玲亦起曰：“无车辆不能行，我与外公往雇之。”外舅辞玲玲而与王某行，外姑与仲姨等亦各归，相约翌日会别。素芬且整行装，且泣。时余在沪，陷身乱中，仰望遥天，会合无日，心如焚，泪益泉涌。伯姨偶来探，知素芬心事，慰之曰：“三妹婿在外，必无恙，速屏当，迟将不成行矣。”素芬无语，视三子已安寝，为理衾，重衣覆之。择衣之必著者为一袱，而以钱钞与物之需存者纳一箱，曙色已上窗矣。外舅、汪君两家来会，相见欲语，又呜咽，孙君汪君亦泪下，外舅则老泪纵横矣。外姑一支先行，孙君一支亦随上路，别时依依，勉道珍重而已。他语皆梗塞，外舅泣曰：“吾不能远送矣。”车抵东关门外运河滨，二家依次渡。时值初冬，朔风劲厉，淡日无晖，村木脱叶，寒禽凄鸣，但见大道上避难车乘逶迤数里，皆往仙女庙者也。同学凌君长其地小学，孙君预期借居处，及午达焉。住在一教室内，安顿既竣事，回顾郡城已远，无复炮声侵耳，惊喘稍定。相识亦来问询，或曰传日寇已入城矣。

郭　　村

郭村之寓，全家避难定居地也。

先是初避仙女庙，伯姨与素芬以客地不惯，有回城意。孙君曰：“城已寇占，往送死乎？”炮声又及，此间且非安居之所矣，于是移麻村，寄寓王姓家。一夕，闻枪声远作，邻舍相告曰：“近村被盗矣。”孙君曰：“无恐，且灭灯，各拥衣坐床上，孩毋语，俟盗果近，立避室外，什物任其劫可也。”余女理，幼而解事，依素芬怀，终夜无一言。天晓，庆无事。又一日，村人见远有著黄军装者，误为日寇，惶惶走报曰：“东洋鬼子来矣。”伯姨有身，垂泪谓素芬曰：“吾不良于行，死于此矣，汝挈儿行。”素芬初不舍。孙君曰：“偕死何益，能远避者远避，不能远避者近避，吾料日寇人少，不敢犯乡村，此或误传，然宜疾避庶万全。”促素芬行，素芬仍抱理走田野，诸儿随之。王家健壮殿后，沟塍崎岖，素芬心悸足软，数踬于地，幸理无恙。王家人曰：“且暂止，寇来必鸣枪，今无之。”于是避者皆席地坐，侧耳倾听，风吹树或犬远吠，则惊疑曰：“莫非枪声乎？”真处草木皆兵之境矣。幸终寂然，及昏又庆无事。王家多田地，一恶棍来诈财，怒而击毙之，沉其尸于河。邻又告曰：“恶棍家人，非易欺者，即来复仇，祸不远矣。”于是再移郭村。

郭村在郡城与泰县间，地稍僻，居民二三百户。镇市分前后巷，米店、酱园、肉案、茶馆、烟纸、杂货诸肆咸备，有小学一所。

屋主孙姓，其宅两进，各三楹，余与孙君家凡十二口，共居前进右房中。宅四围阡陌相通，鸡犬相闻，乱中得此不啻仙源矣。

时值旧历新岁，瓦屋茅檐，桃符初换，村鼓社箫，洋溢盈耳，稚试春衣，穿红著绿，牛卸冬耕，当户曝日，升平景象，令人忘在国难中。村男结队为送麒麟之戏，一人举纸扎麒麟为道，三四人携锣鼓尾之，每临一户，唱送麒麟之调，以七言为句，四句为章，首句单唱，余词众和，伴以乐声，节奏抑扬有则，盖花鼓秧歌之类也。尽三四曲，人家酬以粉糕面饵，即去而之他，遇迟缓不酬者，唱曰：“锣鼓一打格喳喳，麒麟急得汗沙沙，我问麒麟急的什么事，天黄日短赶下家。”大抵多即景口编之作。如见楣上春帖，唱曰：“锣鼓一打闹哄哄，门上贴的姜太公，姜太公上九个字，弯弯曲曲一条龙。”如见少女新装，唱曰：“锣鼓一打格喳喳，看见一位姑娘戴红花，她戴红花我晓得，总在今年把婆家。” 把婆家俗言出嫁也。亦有咏史者，小说中人物多及之，咏隋炀帝曰：“锣鼓一打闹悠悠，隋炀皇帝上扬州，一心要把琼花看，万里江山一旦丢。”

素芬三十诞日，孙君夫妇为治酒面。素芬曰：“三十寿耳，何庆为？且处流离之境，何心为乐？”孙君曰：“十年一大寿，三十、五十以至百岁遐龄，可庆一也。两家自避寇以来，幸皆安全，既不言寿，亦宜稍丰饮馔，大小畅餐，藉慰流离之苦。”伯姨亦曰：“寿在乱中，何可使吾妹有寂寞之感。”素芬曰：“牖云在外，吾与诸儿克获无恙于大乱之中，皆大哥大姊之力也。今日复劳以饮宴为寿，心何安焉。”适有剥啄声，孙君起接一函，视封笑曰：“天巧，天巧，牖云家书至矣。”牖云者，余初字也。是日，素芬尽面一大盅，伯姨复欲增益，笑谢之。

女理与孙君子家瑢年相若，喜食肉，尤嗜肥美，每中晚餐，两儿列坐素芬膝前，素芬盛饭一小盂，上覆肉块，以匙依次喂食。家瑢曰：“肥肉。”理亦曰：“肥肉”，盖竞相讨索也。年稚读肥作培，由是诸儿效之，呼肥肉为培肉。理性静，与诸儿无忤，日不远母身，有事，素芬低语之即随行。一日，从镇市归，寒风犯肤，素芬问理曰：“冷否？”曰：“不冷，但手动耳。”手动，谓颤抖也，表不寒而以颤抖告，非幼儿曷有此天真语，素芬告孙君夫妇，皆莞尔。

律年已十龄，启亦六岁。郭村既安静，田野又旷阔，二子与孙君子齿相当者，日嬉游空场上，跳跃奔驰为乐。有张恕怀者，孙君戚也，尝率诸儿嬉一河畔，河架独木桥。张君曰：“余为尔等讲一故事。古有相呆子为婿者，设独箸于席上以试之。呆子云：‘双木桥好走，独木桥难行。’尔等视呆子为如何人也。”启首应声曰：“呆子不呆。”张君曰：“是矣。知独木桥难行，曷云呆？”律指桥倡言曰：“惟呆子方言独木桥难行，今日谁不敢渡此桥，便为呆子。”孙君第八子年甫四龄，律故以此戏之也。孙君子则奋起曰：“妈的，吾不为呆子。”张君疾牵挽之曰：“远处有锣鼓声，吾偕尔去观矣。”于是诸儿皆随之行，不复济桥。

郭村为新四军苏北革命根据地之一，孙君长女玲玲于此参加革命，孙君旋率次女家琤、三女家琮、四女家琰继之。

余为接家人，自沪至村，与众会，互庆平安，问外舅外姑汪君各方讯，皆不通，为之怃然。窥诸子皆健，而素芬稍消瘦。素芬亦频目余，见余衣履沾途泥，似欲起为余拭而终止，盖不欲以夫妇亲昵之情示人前也。灯下叙谈避寇经历，杜诗所云“相对如梦寐”者，余亲历其境矣。留村凡十日，与孙君夫妇别。伯姨、素芬皆垂泪，余与孙君亦有黯然之色。此行雇帆船，沿下河历泰县、如皋、通州达沪，皆日寇铁蹄所未蹂躏土也。以诗纪行，凡得六章。一曰：“寇骑骋长驱，始犯大江界。苏北土犹完，一隅通如泰。挈家涉远途，舟行岂容懈。依风扬破帆，终慕御气快。村烟何依依，墟树何暧暧。四顾一拊膺，深悲田地隘。言念明日程，奋欲振羽迈。”二曰：“前路阻以长，沉心压蓬舱。舟人苦波逆，挽纤上河塘。橹亦勤摇妇，颜色损风霜。稚女笼袖坐，饥婴啼在旁。合家久浮宅，所谋斗升粮。此行劳相送，偶然聚水乡。悬知狼山下，一别永参商。”三曰：“人生不自期，严冬赋行役。容膝有河航，坐卧藉茵席。但闻流潺湲，微浪舷旁激。窦窥散旅怀，天容淡苍碧。岸树竦枯身，残雪霜根积。飞禽掠似梭，寒郊艰食觅。茫茫沃衍乡，今当农功隙。欲保土未污，捷音待传驿。张我汉家军，国疆荡敌迹。”四曰：“帆落泰县城，登市求飧羹。小肆炊初熟，就座闻香秔。兵中一盂饭，粒粒难忘情。主人探何来，具言避寇兵。闻道扬州陷，愀然双泪倾。长子无音讯，莫卜死与生。国难犹未已，灯下共忧萦。”五曰：“皎月大如盘，晚照孤舟泊。灯火灭人家，四境伤寂漠。犬吠送远村，狺狺声何恶。吼风振凋枝，时惊寒栖鹊。少寐客所甘，且喜儿鼾作。遥知郭村亲，应我行程度。漫漫旅中途，又抵如皋郭。两字平安书，明日邮传讫。”六曰：“南通有重镇，狼山扼江湄。对岸峙福峰，宛然蛇与鬼。闻我兵甲薄，大敌日伺窥。一朝土失守，其责负者谁。金瓯日以缺，金汤日以隳。何时反落日，期待鲁戈㧑。”

黄家阙路久安里

黄家阙路在沪南市，久安里在路北，余旅沪初居也。

路短而稍曲，西通尚文路，东通董家渡路，市立务本女子中学设路中部，与久安里毗邻。

余居主人姓顾，开米肆，其宅楼两层，中为堂，两翼为通厢房，亭子楼在二楼，下为厨房，沪地谓之石库门住宅。顾居二楼，以下层两通厢房出租，所谓二房东也。余居左通厢房，月租三十元，全幢不过四十余元，两通厢房租金合得六十元。顾自住无偿，且获额外之利，占地又大于房客三倍，沪上二房东之恶如此。

顾妇每日下午，必邀邻设麻将一局。时召素芬，皆婉辞。

对门右通厢房房客某，市教育局科长，单身，时有二三客来密语片时，某即率以出。余数见不鲜，而怪其行之诡秘，以问任职局中之同学姚君，姚君笑而不答。固强之，曰：“局中审查一电影片后，常丐放映入殿以西洋秽亵短片，科长某主审查事，故求之带观者之众也。”

沪地邻舍相处，远不逮余乡里亲。客初来访，同邻诿不知。余适外归，适迎之入。客曰：“沪风薄，勿怪也。”

附近文庙路有动物园，猛兽珍禽，家人宿未睹，时住观览。一日，孔雀展其屏，金翠绚烂如翠盖，洵文禽也。余归询园中以何物为美，佥以孔雀对，又询何物丑，律曰：“飞鸟走兽莫不美，惟笼困之，是物之丑也。”启辩曰：“无笼，则兽噬人，鸟飞逸矣。”律未读蒙庄书，而有逍遥之情；启未亲汉戴记，而有提防之意。余固不善儒学，然设物为防，保观众之安全，供游客之玩赏，此其诚也。鸟兽虽无山林之乐，而日得其养，亦无害之之心，此易所谓防闲存其诚也。姑以此意解二子之纷。

余欲制书橱，木器店主秦某谓余曰：“察先生音，非沪籍也。吾可为特制之橱。”曰：“何谓特制？”曰：“设横板四，直板二，玻璃窗四。横板为橱之四层，上为面，余置书。直板夹四层横板以立，其间设活榫与槽，装以窗，取书拉开，不取则闭。橱后不封板，便书通气。是橱特色，装之即成，拆之则散，遇迁徙时，运之至便，先生如为土著，则不尚此制矣。盖吾橱之制，视客之便而定。”即以铅笔画纸为样本。余曰：“师傅曷知书宜通气？”曰：“书以纸印，不通气则易蛀。”余曰：“善。”器成，果橱之特制者也。余沪寓尝数迁，无整橱搬运之劳，术能为人谋，器能尽其用，秦某殆匠之巧者也，余遇古鲁班矣。

沪闵路吴家巷

沪闵路旧称沪闵南柘路，起漕溪路至闵行，沪西南郊公路也。吴家巷位于路中部，环其四周者，河有黄浦江，铁路有沪杭线轨，镇有龙华、梅垅、长桥。江苏省立上海中学设此，余居在校中教员住宅区，区建住宅七座，均平屋，三座南向，四座东向。东向第三座，教员陶某、徐某与余分居之。余占两间，红砖墙钢骨窗，绿树荫之。前为平台，可望学校龙门楼、大礼堂、女生宿舍、男生东西斋诸建筑。后临小溪，溪外皆田野，以篱间之。清谧境地，萧散乡居。陆游诗云："村村皆画本，处处有诗材。"庶几近之。

校设附属小学，启始读于此，律亦转学焉。

赴沪市有校车与沪闵公共汽车可乘，公共汽车在上中路口设吴家巷站。

住宅教员伙食，多由学校厨房包送，自炊须往长桥采购米煤蔬肉，路长约二三里。余家以包饭为主，辅以自炊。乡人间挑菜担或携蛋篮来校求售，沪地呼细茎菜为鸡毛菜，瓠子为夜开光，茄子为洛苏，家人初不解，既解，亦依其俗呼之，谚所谓入乡随乡也。

家蓄雏鸡乳鸭十余只，律、启日以饲食为乐，既壮，放之室外。二鸭既失踪两日，忽自归，见主人长鸣如诉别情。鸡鸭流落近处，均能识途返舍，惟两日而后回，则少见耳。

教员多喜打麻将，妇人亦有同嗜。日午后，住宅区恒闻噼啪声，学生问业，请以明日来，盖先生在局中也。

长桥镇以长桥得名，桥砖砌，长数丈，位市之一端。市中诸肆鳞次栉比，早午有菜市，日用品略备；有茶肆，午客满座；亦设赌局，余足迹所及，地无不赌之民，外人称我国为赌国，可耻也。夏日，附近乡妇多赤上体，而以布兜束其乳，土俗有看白肉之谚，乡俗之待革除者也。教员课余，恒消遣于此。洪某有诗，余记其末二句云："粉笔刚抛无个事，夕阳影里上长桥。"

中国公墓在上中路斜对面，亦教员课余消遣之地，石工日凿碑，声闻四野。有王姓者，喜与人攀谈，言："齐鲁战争时，入市被拉，恳免不获，兵以枪柄击背促行，余窥兵面有烟容，思得一计，频作呵欠声。兵曰：'速行，毋假示倦。'余故哀告曰：'实相告，烟瘾作矣。'兵喜曰：'尔亦有阿芙蓉之癖者乎？'余曰：'癖之久矣，百戒不除，恨何如也。'

兵曰：‘无恨，人生不吃福寿膏，枉在世间走一遭。’言未尽，呵欠亦作矣。余指一小弄曰：‘此间有小烟馆，极秘，余固熟客，生人非熟客介不得入，倘有兴，余当先容共吸一口，再上道未晚也。’兵喜曰：‘速去，速去。’余故缓步，稍远转入曲巷，飞行而归。”言讫，格格笑。

又言：“余不守墓，而与墓中人为伴，亦尝夜至，未尝一见鬼，故余不信世有鬼说。上中校舍初施工时，掘荒塚，人言鬼夜哭，余心非之。询妇曰：‘汝闻鬼哭乎？’曰：‘未闻。’余曰：‘如何使村众咸不信？’曰：‘何预尔事，然事不难，尔为公墓石工，扬言于众，深宵见野鬼尽入公墓矣。则人信鬼不复泣矣。’余笑曰：‘是非破信鬼，适长信鬼也。’寝而思之，终无策。一夕，远有黑影，知为匪人，家蓄黄犬，大吠。近犬皆和，村人疑有盗，咸集，余曰：‘非盗，莫非鬼又夜泣乎？曷共往迹之。’少壮咸诺，与余共执杖，四散田野，获一盗。余笑曰：‘吾知之矣，鬼泣伪也，盗为此言以怖众，便其夜窃耳。’事既播，谣乃渐寝。”又言：“其家黄犬性至灵，每日午餐必唤余返舍就食，暮则来伴余归。一日，妇不在室，孩以饭盒系犬颈，送余工处，途遇他家犬，夺食之。犬护不得，垂空盒来，伏于地，眼若有泪痕，余怪而唤之归，始知实。”

梅垅镇在中国公墓东，市盛长桥，访梅垅旧迹，乡人摇首而已。王韬《瀛壖杂志》云：“沪南廿里为龙华，浦多曲折，谚曰：‘龙华十八湾，湾湾见龙华。’”龙华谓龙华塔也。旧志谓，三国时吴赤乌间建，凡七级，耸入云汉，下注迂流，故舟行回环见之，如帆随湘转，望衡九面然。龙华寺在塔前，唐建，沪上古刹也，与塔皆几经兴废矣。寺盛牡丹，地产水蜜桃。岁有龙华会，四乡土物毕集，市人争趋焉。岁春，余恒偕家人往游。入其市，狭巷一条，而售香豆腐干者，摊设筐盛，弥望皆是，味亦佳，故乡人视为土宜耳。有桥可眺野，桑柘径斜，禽鸟相逐，丛林间时有火车驰过，吐乌烟如龙，蜿蜒于空，历久始灭。惜塔门封闭，若得登临，目穷百里，眼界当益拓矣。

校门口有新市，为校设也。有老妇掌一杂货铺柜，生客至，必询何姓，再至则呼某先生而不爽。校中同仁曾至其肆者，靡不识。或赞其强记，曰："生意人记为重，能记则客熟，熟则亲，亲则为老主顾矣，先生非老主顾乎，先生娘娘亦常来。"先生娘娘者，沪对教师之妻之称，犹吾乡所称师娘师母也。味其言，能暴其货殖之术，而使顾客乐于就其范，亦狡矣哉。

校有派，曰二师派，由旧第二师范转入上中之教员隶之。曰商业派，由旧商业学校转入上中之教员隶之。两派又合称元老派，谓其资格老也。曰留学生派，由日美留学之教员隶之，又曰名教授派，谓其威望高也。其非留学生而有威望之教员亦隶之。曰安徽派，校长郑通和所引进其乡籍之教职员隶之。曰大夏派，大夏大学毕业之教职员隶之。两派又曰校长派，以郑曾任大夏校授，凡由大夏毕业之教职员，亦其所引进者也，后沈亦珍长校。又有所谓高邮派与南通派者。高邮派皆沈所引进其乡籍之教职员也，南通派皆沈妻李某所引进其乡籍教职员也。派有魁，校中呼为巨头，名教授派与大夏派之巨头在校最有势，合股设东方图书公司于南市老西门，校车赴沪以此为终点，校中所需图书仪器，均由公司包办，学生课业用品，亦由公司经售，故获利稳而丰。

校工朱叙生，服务三十余年，人称超元老派，言其资格在元老派上，又位处校工，超然与人无争也。上中理发室主张某，面微麻，人呼小麻子，而称之为小马派。马谐音麻，言其善拍马屁也。沈亦珍长校时，张某助之囤积货物，沈倚如左右手。

化学教员吴某，家寓沪市，以小汽车来校上课，教员中最阔绰者也，人呼大少爷。自编化学教本，校中授化学课之各年级必备之，亦辗转由相识相销他校，后朱某与余某合编数学课本，仿其法行之，谚所谓“名利双收者”也。

体育教员吴立生，其妻杜豪任女生体育教员。任职扬州中学时，学生呼为土豪劣绅，谐杜豪、立生之音也。每反目，必动武，吴惮之，避室外，杜蓬发脱履追其后。同仁见之，不甚解劝，固司空见惯矣。学生见之则大噱，围而观者常数十人。一生曰：“是真体育表演也。”深宵亦常喧呶，有人仿唐诗曰：“冤家配得巧，刻刻闻争吵，夜来砰磅声，碗碎知多少。”

教员程某，尝于休息室语同仁曰：“吾父与母三十年不同寝，今年逾七十，颜丹如童子。”或问君如何，曰：“吾五十而不惑矣。”

私立图书专科学校为培植图书管理人才而设，余兼课于此，授中国藏书史略。无课本，自编讲义，前编述沿革，曰神话、曰官藏、曰私藏；后编述体制，曰编目、曰版本、曰收藏，取材于前代乙部《艺文志经籍志》，吴兴、武林两《藏书录》《藏书纪事诗》《澹生堂藏书约》《藏书纪要》《书林清话》，暨公藏私藏书目《藏书志》《题跋记》诸要籍。大旨主图书为天下公器，而斥珍秘之痼。洪亮吉《北江诗话》尝分藏书家为五：“曰考订家，曰校雠家，曰收藏家，曰赏鉴家，曰掠贩家。”余综观古人藏书，只两派耳，一为流通派，一为珍秘派。考订校雠，皆为绣梓古籍服役，实流通派也；收藏赏鉴，皆以衿奇夸异为事，实珍秘派也。掠贩则谋利为怀，不成家数。流通派之功，在通假于人，付之公有，尤在开雕广布，化一书为千百身垂于永久。昔崔慰祖聚书至万卷，邻里年少好事，来从假借，日数十帙，亲为取与，未尝为辞，此通假于人之范也。李常以所抄书九千卷，归之庐山僧舍，以遗来者，供其无穷之求，而各足其才分之所当得，此付之公有之式也。明季藏书家以海虞毛晋之汲古阁为最著，当时遍刻十三经、十七史、津逮秘书、唐宋元人别集，以至道藏曲词，无不搜刻传之。四方之士，购者云集，此又开雕广布，沾溉后学之美谈也。珍秘派之过，在封己守株，独占为荣。尤在子孙不守，兵火攘夺，典籍精粹散若云烟，永劫不复。焦竑誓不借人；钱谦益傲人不及己；唐尧臣藏书万竹山房，有印曰“借书不孝”，其后式微，尽付于火；项元汴天籁阁多秘藏，每一名迹，钤印累累，珍惜逾于拱璧，清兵至，累世所积，荡然无孑遗，此皆名为珍惜，实陷罪戾。姚叔祥有言云：“藏书家知秘惜为藏，不知传布为藏也。秘惜则缃囊中有不可知之秦劫，传布则毫楮间有递相传之神理。”故黄俞邰、周在浚有征刻宋唐秘本之举，曹溶有流通古书之约。黄、周、曹诸氏，皆清初收藏家也，未尝不以流传为急务。其后吴门黄丕烈自号“佞宋主人”，世推为赏鉴之宗者也。既与同时诸藏家往还通假，并有《士礼居丛书》之刊刻，然则真知文献之可宝者，必不敢自秘；反之，则妄人耳。缪荃孙云：“咸同以来，京师巨公，以深藏为旨，以独得为奇，不留一目，不跋一言。闻其名，已在若存若亡之间；迹其事，亦在疑是疑非之列。顾千里所谓似与古人有深仇夙怨者，此非妄人而何！妄人必私，幽锢其锦赙玉签而自得；通人必公，传播其吉光片羽而后快。”执是以观，一部中国藏书史，仅公私两者，交错其间耳。近人梁启超氏易箦时，遗嘱以遗书归之国立北平图书馆；李详氏以一生所积，辟为里中图书馆，载之兴化县乘。流通派势日张，珍秘派必焰日息。通都大邑，地有琅嬛，边陲僻域，亦不乏借观之所，名山尽出，海舶空回，世变虽亟，典籍永保，文物焕明，跂余望之。

小学同学郭君主编《时代报》，召余辑副刊《天问》，为撰小说《白莲》载之。白莲者，书中女主人名也，述其自乡村来沪谋食，一教会大学外籍教授雇为女佣，爱其韶秀，欲犯以非礼。女不屈，而深悟城市非营生之地，仍回乡务农焉。余既阅三月而罢职，稿亦辍刊，人事栖遑，未杀青。

黄陂路恒昌里

黄陂路旧属法租界，其南路旧名贝勒路，恒昌里在路东，居永年路与合肥路之间。

余寓二房东姓徐，其宅亦石库门，楼三层，无通厢房，余租其底层客堂一间。徐某住二楼，无职业，日以抽鸦片与听申曲为生计，其妻下午浓妆出，深宵始归，殆沪地所谓淌白之流也。

徐家女佣张媪，扬人，喜与素芬攀谈，每言及老迈力弱，时为主人所厌，恒引里语“少时惹人怜，老来被人嫌，英雄好汉三十年”一语，以寄其感喟。足小，理喜效其步作扭捏状。媪见笑曰：“尔一辈可免缠足之苦矣。”随哼其乡谣曰：“小脚裹，强盗到来没处躲；大脚板，挑起担子十里赶。”

弄口有得意楼面馆，与里中湾子街饭店同名。每过，辄起乡思，其肆下午售肉饺，家人喜食之。

时沪已沦陷，租界尚未被日寇占领，人称此一隅土为孤岛。上中暨附小租菜市路美术专门学校校舍一幢。由吴家巷迁入复课，律启均续学于此。

三楼人家取水，必候下层龙头关闭，始有流注，故时闻邻舍楼上人呼曰："下头自来水关关。"理三龄，恒摹沪音而效其语，便能近似。童子易学客地方言，此其征也。素芬为制新鞋，皮匠缀成，失其样，询之肆，乃出徒弟工。素芬怨曰："好好一双鞋，败徒弟手也。"既着之，邻戏理曰："新鞋何漂亮也。"则举足以示曰："徒弟。"徒弟者，徒弟所缀之语，略谓不美观也。人不解，素芬为剖释，始悟而笑。偶着旧，邻又戏曰："徒弟何往乎？"理从床底取出，果新鞋，又大笑。喜食棒冰，吮毕，每以吻亲素芬颊，曰"寒否"。素芬谓余曰："汝与律、启日在外，家无理为伴，余寂寞殆难言状矣。"余笑曰："此左太冲所以咏娇女也。"

余四十诞日，素芬谓余曰："客中胡以庆？"余曰："隔壁得意楼早为余备寿面矣。"素芬笑曰："以得意面为寿，亦大佳，晚膳将何如？"曰："海上饭馆多。"曰："必择以烹鲫鱼享名者。"鲫鱼，余嗜食之品也。素芬又曰："尔爱书，面也、酒也、肴也，何足为尔寿？寿尔惟书，今晚早趋市，必购数本归。"是日，余购《大清畿辅书征》《甬上耆旧诗》两部，前纂《中国藏书史略》，多取资于长洲叶昌炽《藏书纪事诗》，其书以雕版肇始五代，故以五代为发轫，终以清末诸家，而不录生存，体例然也。余肆业所及，蟫林故实，时遇叶氏未触之材，有志补其遗缺，另辑新编。时方涉及北平、四明两地书城馨逸，知二书足资探索，因采以归。灯下为五言八句曰："今夕为何夕，中年四十初。半生惊迫遽，孤岛困崎岖。莫卜云中守，但添濮上书。书能舒国难，使我大踌躇。"

偕家人游邑庙，香火尚盛，迷信未易除也。庙侧有茶楼，半绕溪流，上架桥九曲，素芬率儿徘徊久之。里中皆直梁，故以为异观。桥下蓄龟鱼，投以饵屑，则上浮争唼，理凭栏喝退之，时有效，辄回顾素芬笑，矜其能也。茶楼与桥，本豫园之一部，尝读县志，载《豫园记》，知有池馆之胜。惜园门扃，未克一观。解放后，始游之。素芬拟为大观园，谓居其间者，必古装，才相配。考豫园主人姓潘，明时潘允端筑是园以奉父。父名恩，官终南京工部尚书都御史，其居有天然图画楼，多藏书。明末，鄂中熊氏辇其宋元旧刻，载一船归。所蓄珍本亦云富矣。沪上固多藏书家，清时以郁、李两氏为最著者，郁氏多罕传宋椠，见称于莫友芝《宋元旧本书经眼录》，李氏有《藏书志》，仁和龚自珍序之。

小学同学王沈二君，告余曰："币值将贬，盍合营一肆以保之，倘失业，亦可退守。"问"何业为宜？"王君曰："徐君，老同学也，设徐恒大酱园于金陵，可助余等成业。"乃召徐，运其肆中成品至沪，觅屋于重庆南路三德坊口，业乃立。题招曰"扬州酱油酱菜店"，旋移菜市路上西门路口。

南昌路邻园村

南昌路旧名陶尔斐斯路，一端临重庆南路，一端临环龙路，长不足一里，沪上路之至短者也。邻园村位路之曲处，四十一弄底，以近复兴公园，故名。

由四十一弄入，行一节狭长之石子路，路转村开，豁然有柳暗花明之趣。屋初建，凡九幢，余寓其末。楼三层，左有过街楼二层，每层两间，其第一层即余室。先是，余初旅沪，偶偕友就膳于路口日人所设小西餐馆，爱其境清幽，油然生卜居之念，历十载，始税村一椽，而偿夙愿。

重庆南路有齐鲁小学，律、启转学于此。理家居，不与邻女嬉，自制小玩具为乐，所制者，刳粉笔为小方柗，围以小椅四座，缝布为小鹅、小鸭，塞以棉絮，置案作浮状。鸭之征在喙扁，鹅之征在顶峨。

复兴公园旧名法国公园，向时侮蔑国人中服不得入内之禁例已经废除，每暇日，余恒偕家人一游。西人之园，以地旷为尚，拓土数亩，浅卉如茵，周以阔道，长林对立，枝交叶叠，覆似翠幄，间以土丘石埠，点缀一隅。旁凿池沼，漪澜成文，至树阴浓处，椅若飞来。茅亭三五座，亦环设憩息之位，此西人之园所以以公名也。游其园者，虽无楼阁之观，登临之美，而取步履之容与，噜呷之通畅。每值散工之际，游客为盛，姹女挽臂，落照在肩，少童舒肢，横眠芳草，余注目此境，以为新画本也。

园有动物苑，南市移殖者，余居密迩，时闻狮虎晨吼昏嗥，声猎猎撼屋，恍惚置身山林。

时孤岛有三多，一为茶室多，二为赌台多，三位学校多。盖江南北既沦陷，殷实之家，攒聚租借，腰缠颇充，又赋闲居，清茗一盏，可遣永日。精点数色，异味兼尝，此茶室之所以多也。客中无赌侣，惟博场是趋，轮盘牌九，诸局咸备，烟榻餐枱，各适其好，苻坚赌墅，殆犹逊之，故嗜呼庐喝雉者莫不视为乐土，此赌台之所以多也。人口既繁，学童随增，外埠公立者纷来复课，本市新立，复应运而生，此学校之所以多也。村中仅楼一幢，便创一校。余室旁一间，某校四五学生则合赁为宿舍，青年好弄，入晚以吹弹为乐，同居者苦之，余谓诸生曰：“君等欢娱，余不能阻，请以晚八时为限，殊不扰邻。”一生愤然曰：“汝不闻楼下噼啪牌声乎，吾等非扰邻，特吹弹以抗之耳。”余默而退，语诸楼下邻，恳止夜局，邻曰："诺。"验之果寂然。后探知邻非止夜局也，其室通风孔隙，悉遮重帘，牌桌既铺席，复罩布毯，故声微而不觉耳。

赌台集中沪西一隅，汪伪密设特务机关，小戏院皆演秽亵戏，时称歹土。

汪逆组伪府于南京，伪国旗仍依中山先生所订旧式，惟上端附有一黄色布条，有"和平反共建国"六字，以示区别。有人以诗讥之曰："白日青天也不差，如何旗上布条加，灵狐纵有通天巧，股后终须露尾巴。"虽打油之什，亦足见人心之向背。

市区金融已乱，旧法币一元以下之辅币，忽奇缺。商店为零找计，各自发行纸券，法用白纸，阔寸许，长倍之；或取方形，上钤店号图记，以墨笔书发行数字即得。限用本店，间有三五邻近店家，得互流通。此外若邮票暨电车、公共汽车上使用之镍币，甚至水灶竹筹，亦可代用。说者谓旧有锌制辅币，尽为日寇搜去，镕铸军用品矣。自是物价日高，购物已以元为单位，辅币自无形淘汰，惟货币收藏者，存其一二，视为古董而已。

三楼邻某，搭灶披于晒台，便炊也，为巡捕逻见。越日，以传票唤某往巡捕房归，邻询何事，曰："彼言搭披未领照，须罚五十金。余曰：'披费不足此数，折之可也。'一巡捕睅其目，目余曰：'违法必罚，拆安由汝'。不获已允之。人言上海居大不易，非仅米珠薪贵已也，租界之苛政猛于虎，实不堪一夕留耳。"闻者怃然。

旧作《扬州杂咏》百首成于高邮，客中理箧得稿，反复吟玩，追怀往事，赓续百余首，缮合为一卷，改题曰“里门杂咏”，所以寄家山之思也。室名“思美人龛”，至是易署“竹西庵”。本无堂名，新榜曰“向阳”，余扬沪两地居室，虽一亩之宫，而皆南向，里中有语云：“向阳门第春常在。”故取义于此。铭曰：“百姓寻常，居室向阳。何以享之，冬温夏凉。是谓之福，惜福者安而康。”

旧雨函来，殷殷问起居。诗以答之曰：“沪居邻园之村卜，深巷小楼初构筑。村榜未识题者谁，就地命名尚不俗。村家无栅蓄鸡豚，村民无农事耕牧。野趣分来外国园，村舍借阴数株木。湾湾一径市阛通，密密长篱墙垣矗。此中仿佛别有天，柳暗花明诗意足。昔者靖节卜南村，为有素心接邻曲。吾居终少谈艺人，赏奇析疑乖心欲。窗前问字笔划忘，灯下忆往事情熟。家人言笑无厌时，非复游子伤孤独。牙签何必李邺侯，有书便可撑肠腹。插架四部备英华，卷卷都敷吾研读。斗室且容笔砚安，积稿爬梳手亲录。杂咏篇已续乡邦，记事诗方补缘督。有时佳日淑景新，小步邻园偕宅属。夏追池畔柳荫风，秋觅石根霜际菊。生民所贵尽其材，大瓠不瓢浮湖渎。吾生虽已掷春华，勉力纂述犹可赎。何来夜半兽吼声？吼声咆勃摇吾屋。晨兴质之坊里邻，云是园林新辟囿。柙有猛虎樊雄狮，昏啸长风昼骥伏。从兹万籁寂深宵，划然时惊吾寤宿。始闻瑟缩胆心寒，惝恍身危陷山谷。久闻愤生卧榻旁，岂仅鼾声相侵辱。此恨同者有何人？此足讬者为何族？庾子曾赋江南哀，晋士曾作新亭哭。人人仲连不帝秦，莽莽神州曷沉陆。邻园村兮邻园村，此间虽乐孰忘蜀。”

南　昌　路

余寓迁南昌路，宅移而路未更，所异者，彼处弄底，此则沿街耳。

二房东姓瞿，楼三层，余居二楼后楼。瞿居前楼，失业，隔壁大流氓马祥生徒，为司笔札。马家高门大厦，巍然路侧，汽车出入，有保镖挟枪随。闻营赌场数所，晚必依次巡视，而囊其利以归。一螟蛉子暴戾，殴邻重伤，家人不敢诉理，畏其势也。

市立务本女中附属小学由南市迁路北，理始学于此；律卒业齐鲁小学，考入上海中学。

门前植棕树一株，沪上人家庭院喜栽夹竹桃，不若棕树铁杆挺立，扇叶高张，可壮观瞻。后门临蒲柏坊，一居户与余室隔垣相对，其家女学生晚必奏钢琴数曲。闲时可破吾闷，有事深恶其扰，同一声也，受之之感大异境主之耳。

路低洼，夏秋淫雨，楼下辄浸巨潦，出入必涉。黄昏既临，电炬齐上，影落路泽，熠熠晃动，繁于霄星。肆铺播送音乐，嘈嘈切切，笙歌灯火，直逼秦淮，但无打浆声耳。

对门设兽医一所，蓄犬如狼，忽病瘫，主厌之，将施毒针速其毙。闻于女佣，佣临犬哀之曰："汝不久于人世矣。"犬泪坠地，告其主，主为之罢针。

外舅莅沪，乱中会合，悲喜之情交织。见外孙均健长，频抚其背，无他语，但呼乖乖不止。外舅一生性纯厚而拙于言，诚笃君子也。言及身陷敌区事，凄然曰："虎口余生，今日得有海上之聚，洵梦想所不及。初日寇侵扬城，枪声四起，密如爆仗，火光上烛，天半皆红，三日踡局不敢出。稍平静，启门探望，尸横于路，血迹尚殷，急掩户加闩，以桌顶之。忽闻哀恳声，瞬息寂然，知又添刀下鬼矣。一日，屋瓦被践作格格声，余方在宅二进，仰见四五日寇已跃下，皇遽无所措。同守户王某，急牵余衣避入后进套室中，欲伏床下。王曰：'勿隐身，隐身而被搜出，必有重辱，姑立以伺动静。'余战栗几不能支身。俄顷，一日寇偕译奸搜至，译奸以三婿小影示余曰：'此学界中人，平素主抗日者，速告皇军，必杀之勿赦。'余颤恐曰：'余居后进，此人在前进，踪迹不能知。'译奸达日寇，寇举掌劈余颊，数齿顿落，血注染袍，晕而仆地。及苏，身已在床，盖王所扶也。张目视王，王曰：'无恐，寇已去矣。'

以糖冲汤饮余，复为拭血痕。询寇来何为，王曰：‘倾箱倒箧，什物犹狼藉在地。’余曰：‘余稍静养，汝可去稍收拾。’王曰：‘任之可也，寇再来，见零乱状，知同寇已来搜过，必自去。’言讫，寇又来，果巡视一周去，余深服王之智。又一日，寇再来，窥余僵卧，以枪敲衣橱镜，呯磅作声，寇若听之以为快，复击窗，笑格格如乌而离室。余甫闭目，窗外追逐声又起，继以少女惨呼，急以衾覆首，不忍闻也。旋王告余曰：‘宅中张姑娘匿厨下柴堆，被索得，乘隙逸。寇逐之，绕屋三匝，卒遭污。’再一日，后门小院郑家妇女闻寇至，时已剪发易男服，恐泄露，掩帐后。寇见帐微动，以电筒烛。妇姑出，寇谛视而疑之，钩辀格磔，不识作何语。妇故以指指口示哑，惧女声败事也。寇方欲离，又一寇来，满腮髯如猬刺，貌凶恶，两寇复相妇，牵使上床解衣，轮奸之。后妇产婴抛于河。曩大婿蔚民言，日寇到处无恶不作，今亲见之矣。尚有二事，得之传言：一孕妇将产，寇剖其腹。其夫为木匠，健勇有胆气，欲复仇，谋诸弟，弟曰：‘余少秀，饰女诱寇入室，兄预伏，俟登榻，即以利斧砍杀之。’匠曰：‘如何觅其人。’弟曰：‘杀嫂者貌无志，即有志，大海何处捞针，此国仇也，报之不在其人，杀一寇，除一敌，兄之愿偿矣。’匠以为然，如法行之，竟杀一寇，不期即其人。据传言者测，寇既害妇，而忘弑其夫，故再来，卒坠匠陷。又一事：寇入庙，惟老衲守，寇能华语，询庙内藏人否，庙固隐邻贫家妇女数人于密处，多日未败露。僧闻寇多信释氏，因曰：‘阿弥陀佛，佛不藏私。’寇怒曰：‘他庙已搜得，汝寺胡独无，不言要汝命。'出匕首，血斑斑然，对僧腹。僧曰：'老衲死可也，庙无藏，不能妄言。'数寇继至，留能华语者守僧，余四散搜寻，终无获。能华语者怒语曰：'火之可也。'僧危惧，思得一策，于众寇举火之际，大鸣钟，他寇闻声者皆集，中有所谓日宪兵者，呼举火者去。火以初举，旋扑灭，未肇焚如。"言毕，三复欷歔。素芬亦叹曰："真禽兽世界矣！"问母精神健否，曰："视昔稍逊；四女素芳，议婚方君传勋，将文定；二婿澄甫挈家返里曲圹，亦粗安；大女素琴，离郭村赴游击区矣。"余家迁沪后，久疏乡中音信，至是，始明各方消息。高启诗云："兵后匆匆记别离，两年音问不相知。"诵之能无凄怆。

米贾居奇，价日数涨，质佳者且不易得。米贩由是上市，素芬召一贩妇至，而怪其索值高。妇曰："尔非买吾米，买吾命也。"邻笑曰："贵便贵耳，胡以命胁人。"妇哀其音曰："尔等何解米贩苦，请容言之：由乡籴米入市，需越数道铁丝网，误接其电，身立丧，此命之危一也；寇军有凶犬，见则为噬，此命之危二也；行田塍间，时起时伏，身影现于寇军，必以枪射击，吾同贩已毙二三人，此命之危三也。知此三危，尔等即恍然，吾袋中米粒粒皆九死一生而取得者也，吾果危言耸听乎？"闻者莫不恻怛。素芬终从其值而收之。

上中时分两部，一部仍在菜市路美专校舍，高中理科与初中全部属之；二部假租绍兴路民屋，高中工商科属之。余授工商科课，故罕往菜市路。闻一部学生起风潮，所谓反汪运动也。校中秘书张仲寰，大夏派魁也，投汪任江苏省教育厅伪职，以衔命为标，诱留校教员落水。衔命云者，谓汪伪府奉渝命而组立者也，主和平护国之策，凡为其服役者不得谓之奸。由是其派教员王肖坡、蔡羹舜、卜愈之皆出任伪职，名教授派仲子明亦随蔡去。学生知校内尚有与张密而亲王者何硕人、王禹图二人，抄其寝室，于何箱得春宫数片，哗而晓于众。何、王均悄悄走，果又投伪矣。事既平，代校长卢克宜革首事者数生学籍。学生立驱奸之帜，本大义之举，而学校反惩之者，盖认首事学生为共产党地下党人，在运动中已明支持之，暗破坏之。迨风潮息，则终逐之，此禀国民党反日其名反共其实之策也。

校长郑通和，国民党二陈派骨干也，往任福建省教育厅长职，时任甘肃省教育厅长职，而皆兼上中校长。去内地后，始委王士侃代，继委卢克宜代，卢亦国民党人，校中三青团学生，皆其爪牙也。

马当路西成里

马当路旧名白来尼蒙马浪路，北临徐汇路，南邻重庆路。西成里位路南西门路口，皆石库门住宅。余寓二房东张大千在蜀，其居二楼两幢，余租亭子楼两间，与房客公用客堂。律考入光华大学银行系，启考入上中，理转学西成小学。

外姑弃世讣至，以道路多险，素芬未返里。日哀恫，泣谓余曰：“吾父不事生产，恃母劬劳，勉支门楣，姊妹数人得完姻。不幸遇乱，晚境颠沛，方期寇平迎养，稍遂吾愿，今已矣。”余无言为慰。逾数月，友夫妇偕回京江，素芬乃附以归扬。函来，知四连襟方君传勋赘外舅家未久，外姑病腹泻，就医任氏，邗上名医也，以大胆称。既诊，背外姑语方君曰：“婆婆尔母乎？”曰：“外姑也。”曰：“归当办后事矣。”果两日不起。函尾嘱余加意诸儿饮食，毋不净。盖素芬尚洁，饔飧必取生鲜，烹不失饪，不馊不饐，馂以笼罩，饮器膳具无垢，用时仍以热汤荡之。诸儿馔，必令湔手而后就座。除尘地如拭，去垢案如鉴，衣勤洗，衾勤曝，冬不废沐，室无鼠，厨无虫。故诸儿均壮健，而余婚后数十载无小恙，素芬讲卫生之效也。

邻有妇，无子。室固敞，器用皆红木，拂拭夫任之。妇喜贮物，虽煤球之类，亦束之以旧报，东堆西塞，入其屋如临货栈。衣不入箱，袱之，谓取用便也。终岁不置皂，衣衾色取蓝或黑，任其垢，时或曝日以代涤。四时不浴，无巾，夏以破袜揩身而已。枕用厚纸为套，眠时窸窣有声，久而易之。食取于肆，有余，盛预备盒携归，聚以自炊，诸品悉具。语人曰：“什锦羹味至美，我视如仙餐矣。”食时恒坐矮凳于后门次，群儿围嬉，狡者戏之曰：“羹味美，能分吾辈一匙乎？”妇曰：“吾量大，分尝则不足矣。”怀出糖果，包以所拾废纸，皆预藏以分馈邻童者，然童皆不食，恶其秽也。性和蔼，无疾语忿色，口不言人过。与人交接，操吴音，应谢曰谢，不应谢亦曰谢，谢谢声日不绝嗓。夫卧病医院，往探视，歌申曲于榻侧，护士嗤之。笑曰：“吾夫最喜此乐，歌以解其疾苦也。”夫愤曰：“汝速离！汝速离！吾死汝不必哭，汝亡吾必大笑。”妇曰：“汝不幸先我大去，欲索吾一滴泪而不可得也。”归以实告诸邻，邻曰：“窥尔夫妇情至笃，何作此语？”妇曰：“是矣，惟哀之深者始无泪，有泪者俱伪耳。”人谓其怪，或谓之痴，亦有讽其懒，颂其俭者。素芬曰：“彼固老于世故者，享其乐于自得自适，而不恤人言，实世之至私者也。”

邻又有姓达者，囤颜料为业。设电话机于客堂，通市情，所获利润至丰，以金条数根顶沪北欧阳路洋房一座，迁入作富翁矣。

太平洋战争起，日寇侵占沪旧租界，时有寇宪兵搜查居民宅。一日，余赴浙江路，忽路栏麻绳禁人行。询其情，或告曰：“日寇方抄一住户，凡周围一里以内之街道，必圈以绳，外不许入，内不许出，俟禁解始通。”由是余鹄立路侧，至宵深方获归。

日用品皆匮乏，米肆前每日列长阵，肆伙以粉笔书号码于购者背，而以长绳系之。所售皆糙籼与碎粒，中混秕糠细石，购米一升，必剔杂质一小时。煤球破之半黄土，间以柴竹代。火亦不旺，皆内湿也。菜市寥落，人得败叶残茎以为珍。香烟店售者吸之有臭味，摊售者燃之便成灰。一日甑空，沽面条不得，沽面包亦不获，乃以线粉代，家人食后腹塞，盖胃消难也。

罗君强为市长，人取以联陈公博，逆名对之巧者。又武进盛氏后人，行三，与寇军阀财阀通声气，雄踞海上，煊赫不可向迩，人呼老三而不名。有以王小二对者，谓王逆某有二小，一小于金，吝也；二小于量，躁也，因有王小二之诨号。余谓俗有“王小二过年，一年不如一年”之谚，以对盛老三，正无情对体也。

尝读《黄门家训》，云："齐朝有士人，尝谓吾曰：'我有一儿，颇晓书疏，教其鲜卑语及弹琵琶，稍欲通解，以此伏事公卿，无不宠爱，亦要事也。'"初未觉其事之丑，既身陷寇占区，乃亲见无耻国人，摹日语，效和服，唱倭歌，仰仇寇之鼻息，奔内奸之门庭，一旦跻身新贵，鱼肉乡里，广置姬妾，几忘其为黄帝之子孙矣。昔日争习西文之学子，至是多更张专攻东文，其家人之企望，正与齐朝士人之欲其子以此伏事公卿无不宠爱者同。黄门载之《家训》，余复述之《寓记》，何古今鲜廉寡耻之事之不绝书也。

南京路某钟表店，揭"时间问题"四字于橱窗，盖钟表广告也。时人心思汉，均谓广告涵义深长，时间问题云者，言日寇倾覆，迟早间耳。一时遍传遐迩，观者络绎不绝。

美机常盘旋沪上空，一次抛弹落菜市路口民屋，死伤数十人。人心震动，有迁出者。

西门路一居民立晒台，为龙卷风卷去。余读《渔阳笔记》，谓明时有女从空降某地，农家娶之为妇，盖龙卷风为之撮合云。

上中易名沪新，由吴瑞年长校。设日文课，寇派一名清水者来校掌教，校聘一留日某君为助教，兼任翻译。一日，清水见国文课本上载《济南城上》一文，指为抗日文字，咆哮如雷，携课本至校长室责问，经教务处解释为旧课本，误置案上者，始寝其事。又一日，寇司令部传吴去，谓学校与渝国府通，盖由旧校长郑通和时从兰州遣人来校而误传也。以无实据，释吴归。旋日寇降，上中迁回吴家巷复校，沈亦珍任校长，学生留菜市路者，成立私校，仍名沪新，吴继任校长。

渝国府遣派接收大员，纷纷来沪。所谓接收，实三抢耳，一抢市政要职，二抢金融机关，三抢花园住宅。余居石库门户，则为其下级掠夺之的。有刘铭德者，自称空军上校，随以卫兵来余居，谓房客曰："房东即归沪，限汝等一周移出。"房客皆大咤曰："上海今日觅居大难，胡以一周限？"刘回顾卫兵曰："久闻上海房客狡，今果然矣。"略沉思曰："姑再宽一周，以半月为期，不迁，非吾手段辣，汝等自取之也。"悻悻然去。房客相谋，经姓者曰："化日光天，横暴如是，吾不惧，看他手段如何辣。"贺姓者曰："吾等且各自觅屋，几时觅得几时迁，此常理也。以常理应非理必不败。"余曰："善，俟彼再来，无他语，但云，各在觅屋中，得即迁。"诸妇在座者皆曰："今日处彼暴力下，难与争，能迁出，最善。"越半月，刘挟手枪至，房客先申明曰："各在觅屋中，得即迁。"刘咆哮曰："然则无期矣。"余曰："非无期，情势难定耳。"刘以枪拍案曰："汝何人？"余曰："教员。"曰："何校？"余曰："上中。"刘狞笑曰："明日告汝校长，不即迁，革汝职。"余曰："教员以不迁屋革职，未闻有此例，今日行之，亦大佳。"刘曰："汝等既难理喻，是有心试吾手段，也好，姑再宽一周期。"回顾卫兵曰："至期仍顽抗，汝率数人来为我搬出屋中物。"携枪又悻悻然去。房客又相谋，佥认已定议为合理，不复更。越一周，卫兵者至，余与贺君皆外出，卫兵告经君曰："刘上校因公赴宁，今日不能来。上校已为汝等于闸北觅屋三间，明日吾领军用卡车来，汝等均可迁出矣。”经曰：“屋须房客一相之。”领之去，归告贺君与余曰：“彼始以势逼，不售，继以术骗。余处世久，固惯见之矣。闸北平房三间，路僻屋隘，不可居也。”余曰：“余谋诸校，有空屋可迁入，闸北屋既不可居，君等将如何？”皆曰：“旧议无移。”余既迁，其后事则不可知矣。

余居是弄，以与重庆路震旦大学近，时往假读校中合肥李氏、无锡丁氏两家藏书；又兼圣约翰大学附中课，获观武进盛氏愚斋藏书。盛氏书较李、丁两家为富，列架如崇墉，真书城也。余补续叶昌炽藏书记事诗，已历数载，自借资诸家卷帙，增损补订，粗可定稿。凡得秦汉讫五代一卷，宋一卷，元一卷，明二卷，清四卷，共九卷。视叶氏书虽稍备，然搜扬潜逸，已足书林文献之信，则吾未敢。后有起者，广流略之业，竟阐章之功，固可期也。

菜 市 路

菜市路，今名顺昌路，南起徐汇路，北止太仓路。

路南有私立美术专门学校，中三层，楼一幢，私立沪新中学赁为校舍。上二层为办公室与课室，下一层为教职员宿舍，余寓在焉。

律卒业大学，服从统一分配，入本市交通银行工作。启卒业上中，考入大同大学电机系。理卒业乐慈小学，考入沪新。

余任沪新训导主任兼高中国文课，又兼上中高中工科国文课。

附近永年路有同乐戏院，专演淮扬戏。余昔在里中，惯见花鼓香火搬演戏文，能哼其调，素芬有同嗜，因时往作座上顾曲客，浸及维扬大舞台、太原剧场暨沪西、闸北、虹口诸小戏院。一入其境，乡歈土白，洋溢耳际，浑忘身处客地矣。淮扬戏者，江淮戏与维扬戏之合称，苏北地方戏而流行苏南者也。江淮戏俗称淮城戏，产于盐、阜、淮一带。远在清初，徽班戏最享名。《梦华琐簿》云："戏庄演剧必徽班，戏园之大者，如广德楼、广和楼、三庆园、庆乐园，亦必以徽班为主。"此言徽班在京之盛。今日京剧之形成，实以徽调为主，盖其移植力强也。其班至淮上者，又与淮地土曲相糅，逐步蜕化为江淮戏，故今江淮戏生角所唱靠把调，犹称老徽调。嗣又撷入扬州曲调，唱腔益丰。其本调有老淮调与新淮调之别，新淮调有拉调悲调、自由调诸种，音多粗犷，盖受徽调影响，而土风朴实，使之然也。其戏初兴，行之祈祷，迨流外地，始为职业。海上剧团五六，分演苏北旅沪居民区，营业终岁不衰，以得其乡人之爱护也。

维扬戏俗称扬戏，或曰扬州戏，源出里中香火戏与花鼓戏。香火戏者，乡中巫道演唱以酬神还愿者也。花鼓戏则行之岁时佳节，喜庆盛会，为民间最盛行之文娱节目，农民、店伙、匠人皆优为之。民国后，香火与花鼓皆组班来沪，作营业演出，并混合为正式剧团，世所称维扬文戏者也。香火调高昂，俗呼大开口，犹言关西大汉唱"大江东去"，属豪放派也。花鼓用小曲，调文雅，俗呼小开口，犹言十七八女郎歌"杨柳岸晓风残月"，属婉约派也。小曲一称小唱，《扬州画舫录》云："小唱以琵琶、弦子、月琴、檀板合动而歌，最先有银纽丝、四大景、倒扳桨、剪靛花、吉祥草、倒花篮诸调，以劈破玉为最佳。有黎殿臣者，善为新声，谓之黎调，亦名跌落金钱。二十年前，尚哀泣之声，谓之到春来，又谓之木兰花。近来群尚满江红，湘江浪，皆本调也。于小曲中加引子尾声，如王大娘乡里亲家母诸曲，又有以传奇中牡丹亭、占花魁之类，谱为小曲者，皆土音之善者也。”今维扬戏虽糅合香火花鼓两者而成，然曲调实以小曲为主。《画舫录》所述银纽丝、满江红诸旧调，今皆传；至言王大娘诸曲，尤足征维扬戏在清乾嘉之际，已立始基。今淮扬两地戏，经近二三十年来之踵事增华，夸张润色，曲调日繁，名角辈出，在国内地方戏中，别树一帜，大江南北，遍其踪迹矣。

女教员华某，年长犹待字，询其年齿，不曰比某师母稍幼，即曰比某师母稍长，从不吐实龄。教员陆某方丧偶，时来其居，人咸料之子于归不远矣。素芬与之善，又以年齿询，笑曰：“尚幼，一十四耳。”盖以岁四十一而倒言之也，人犹疑其伪，是信必立于始。尝蓄一猫，以妹妹呼之，夜共榻。自陆之来，猫一夕以爪伤其额，校工相谓曰：“猫亦善妒矣。”洵趣语也。

务本女中卒业生曹友竹来会，指其子谓余曰：“此吾师学生之学生也。”余笑曰：“吾为汝两代师，无怪垂垂老矣。”曹曰：“师未老，此子再生子，犹得及师门。”出人参数支曰：“此吾夫由吉林携回者，谨以寿吾师。”余不能却，置而未服。凡珍贵补剂，固无裨于起衰，果有验，则富人皆仙矣。余体尚健，即气血大亏，亦不服之。

美专一生，善吹箫，人寂后，恒倚楼栏为雅奏，余与素芬听之忘寐。里谚云“黄昏笛子半夜箫”，盖笛声清扬，闻宜月上，箫韵凄清，听宜中宵也。

学生有“反饥饿反内战反迫害”等多次游行，旗帜森然，曼延数里，口号呼声，摇山撼岳。教师群众激于义愤者，亦争先参与。军警以坦克枪弹水龙头诸凶器，妄图镇压，则赤拳奋斗，不避流血。人仆者，后继之，队断者，随续之，旗破者，杆举之，喉哑者，力振之，有胜无败，矢志山立，有进无退，灭此朝食，壁垒之严，阵容之盛，遥壮解放大军之声威，近丧政府群鬼之胆魄。古谚云：“楚虽三户，亡秦必楚。”今国人皆起，人咸知“蒋家偏安王朝”倾覆不远矣。

校中三青团日谋损害先进学生运动，探情报，告机密，毁标语，开黑单，而尤瞩目领导干部，必欲去之而后快。学生汪某，值学期考试，以领导事重，疏于温书。三青团李家淞，告余汪不守考场规则。余方与一外客谈心，迟延未去考场。初，汪有姊肄业商科，尝语余其家困匮，恳学校多减渠姊弟两人学费，余由是知汪为清寒子弟。按校章有学生考试作弊应予开除之规定，李之告发，即欲援此例而去汪也。事既不谐，伺机必复来。余固出身贫窭，深知读书之机不易得，恐汪因考试不慎而辍学也，乃召汪告曰：“今晚温书必熟，明日考试方无误。”明日，李果又来告。余不获已，揭其违犯校规，学校由是革除汪之学籍。

一日，余由上中归校，学生方散午学，颜色有异平时。入门，路有血迹。急返舍，素芬告曰：“特务甫去。”言殊促，容犹恐。余询究竟，曰：“特务以车来校，搜美专学生，以装钉梢端之棒击之，遇者血流如注，校乃大乱。一学生匿余室中，恐特务来，为指引入女生厕。厕在楼梯下，板封其外，外观不易知其实也，今已安然去。”问沪新如何？曰：“未波及，闻特务以车载美专数学生去矣。”

“国府”金圆券发行，一元可收兑旧法币三百元。市场大乱，百物一日数涨，上午购物以为值昂而踌躇稍待，及午又高两三倍，故时闻市民悔恨之声。倚薪金为生者，得币即预置一月生活主要用品。或兑银币稍保值，街头银币贩弥望皆是，叮当之声不绝。由假币或劣质币起纠纷者，喧訇殴斗，警察置若罔闻。一日，余购蔬菜于永年路菜场，两学生持布旗，上书戡乱大队数字。至菜贩前曰：“尔依限价否？”菜贩苦笑曰：“吾辈最喜市价低廉，不特吾菜易售，即购他物，亦不难得。今物值日高，由币值日跌而然也。舍本逐末，限何能效？”学生语塞而去。时校薪初以两月合发，继以四月合发，终以六月合发，薪高者一次可得币数十扎，论其值，居然百万富翁矣。以币购米，仅十余担耳。时比纸币为纸钱，或以诗嘲曰：“囊中叠叠又重重，纸币居然冥楮丰。买米难敷家两口，打油只合酒三钟。日间时刻紧腰带，镜上分明见菜容。不若一齐施野鬼，让他地下作财翁。”

户口清查，国民党为搜寻地下党而设之反动措施也。先期令市民于指定日晚七时集室内，由伪保甲长清查。来余家者，为两女学生，以户口簿核对在室人数，复视察一周，以电筒烛四角及床下，去。

解放大军横渡长江，上中校长沈亦珍召校职员谈话，谓外闻谣喙多，毋轻信，上海设防固若金汤，各安心工作可也。翌日，上中校车驻沪新门口，箱笼山积，“国府青年部长”郑通和率沈至，随者上中教务主任卢克宜，体育主任吴立生偕其妻杜鉴秋，与沪新校长吴瑞年告别，盖逃往台湾去矣。

上海解放，《解放日报》当日出版，万民争购。解放军时过市阛，亲若家人。肆无辍业者，行人熙攘，面有喜色。学生日夜举行庆祝会，全市亦有百万人大游行，余与校中同仁皆预其列。自由国土，纵情欢唱“东方红，太阳升”之歌声，响入云霄。学校旧用人员均留职，余罢训导主任而专任高中国文教员。镇压反革命运动起，校中反革命分子顾彧被逮捕。

余与友合营之扬州酱油酱菜店，以不善经营，至是摇摇欲坠。谋改组，余即退，原股一千元，亏折十之五六。

余读书有得，或遇事可录者，辄登之簿册备忘，辑其存者为数卷，题曰《勤笔录》，又旧诗亦有稿留者，复录为一编，则命曰《姑存诗钞》，并自识其端曰：“诗，言志之物，吾少习而长癖之者也。生年五十而强，中更忧患，不能无动于生人之情，舍诗，殆无物足以言吾之情而适吾之愿。然吾生初无奇特瑰异之节与名山大泽之迹，其凭以发舒之情，若喜若愤，若哀若怨，固无异于众人之情、之喜、之愤、之哀、之怒，是吾之诗，习闻惯睹之物耳。既不以为赘而录之，借保吾未散篇章于劫余，留吾生平行迹之证印，故命编曰《姑存诗钞》。

溯吾肄诗之初，无门径，无师承，无宗主，泛览博涉而已耳。既历年所，时欲奋力于汉魏，时或有取于宋唐。其卒也，炫目乎名都，空手乎宝山。凡所属笔，尝持四戒：曰腐、曰酸、曰禅、曰玄，而语不洁，气不充，骨不遒，境不阔。学力所限，人事所囿，吾未如之何也已。吾之为是言也，非示虚谷之怀，期要亮于风人，而暴其自烛之明，以为来兹之鉴，固君子之所不废欤。”

孙君蔚民长女锋来，次女家琤，三女家琮，四女家琰，先后继之。向在郭村，锋稍长，余皆幼龄，与吾子相嬉；今皆武装矫健，久历沙场之战士矣。余与素芬喜悦之情，殆难言喻，而尤敬孙君一门，不避艰险，肆志大义，为党为民，竭诚竭忠。汪君长女复来会，谈游击区事，盖亦献身革命矣。不久，孙君莅沪参与高等教育会议，伯姨偕至，十载暌违，一朝握手，白日在天，犹疑寐境，万言塞口，倾吐为难。素芬先曰：“郭村一别，何期迟迟至今日，始克一晤。”孙君笑曰：“久别会不难，难在今日吾等皆康健。”于是凝神互省，伯姨曰：“吾时时念三妹，想象其颜容，今视之，绝不类四十以上人。”孙君又笑曰：“吾与牖云，不免添数二毛耳。”适律同学陶德林君馈巨鹅，称之重七斤，磨刀宰之。伯姨曰：“割数片肉以炰制，蔚民嗜此味。”便洗手助素芬入厨，素芬不以姊为客，亲如在家时。饭镬告底焦，盖姊妹倾谈忘之矣。入晚，伯姨复拥被与素芬话旧。言锋曾陷身伪军，不屈，党赎出。家琤、家琮在浙中山区打游击，时闻虎声。家琰腿中弹，尚未取出。

蔚民革命工作忙，恒数月一晤。一次，家属撤退，余率幼子仓皇误登匪舟，舟止中流，意待匪军来，彼岸我守军洞其奸，以舟掩至，余始获济，亦云险矣。老解放区军民如一家人，尤善视革命家属，余产家珊于农家，主人与四邻日杀鸡为黍相食。家琤等参加革命时，均未成年，日系念。逢人问音讯，久不得知，辄背人泣，蔚民时慰余曰：“诸儿虽幼，有党爱护，有军领导，必无忧。消息阻隔，军中常事，何烦念为。”亦时以双亲为怀。我军入高邮，稍宁居，父始来会。告余母弃养，余大摧悲，言讫，泪不止，素芬亦吞声。窗外月色横斜，夜已半矣。

孙君访知母校校长任孟闲先生在沪，欲问起居，余尝请安于沪东杨树浦路。因导以往，至则已他迁。几经探问，知先生在哲嗣任君有恒处，任君执教交通大学，寓在校中。往谒，先生已背世矣。先生一生，尽瘁教育，晚患偏废，卒以不起。龙蛇兆厄，梁木遽摧，凡属及门，莫不哀恸，盖不仅孙君与余然也。

淮海中路一九八四弄

淮海路旧名霞飞路，今名为纪念淮海战役而设也，分东中西三段，一九八四弄在中段。

余屋主去香港，其宅楼三层，层三间，由马姓代守。余税其底层两间。时沪新初中部徙肇嘉滨路，高中部徙武康路，武康路位淮海中路西转角，与弄近，故余有新寓之迁。

迁之日，余随运物车赴新居，沿途时闻唤卖白糖梅声。口占一绝云："江城槐绿夏初回，客里迁居意绪堆，助我景光牢记处，满街唤卖白糖梅。"

同学刘子桥以其先世孟瞻先生所著《青溪旧屋集》四册，贺余新迁。孟瞻先生在清，与子毓崧、孙恭甫，三世以经学知名。江宁汪士铎序文集云："王象之云：'青溪凿于赤乌四年，南齐相人刘子圭家溪上，聚徒授书，不期荣进。’”先生籍仪征，居邗上，而远慕檀桥，可谓清德不衰矣。刘君幼承家学，笃志旧业，与余小学同窗时，每散学，与君同归，君及家即止。余尝欲展拜堂上，一瞻青溪三世遗书，辄为坚拒，亦未一履余门，盖家法严峻，归必温书也。迨君供职商务印书馆，始时过从。余尝借索文集，云在里中旧宅，至是有中郎之赠，践夙诺也。

启大学卒业，服从统一分配，赴鞍山钢铁厂工作。

律与李玉琴结婚，后生三女，长曰傲绯，次曰惜诗，三曰雨华。沪居大都仄隘，入夏人气蒸煦，尤感局趣。余新居虽宽于旧寓，终不能无炎暑亢阳之侵，尝倡八备说：一备竹帘，竹帘蔑细，组纂均衡，透清风，翳朱辉，为芦帘所莫逮。当牖深垂，尘嚣便隔，暑气全蠲，若髹以绿油，帘外不翅植芭蕉数本，碧生窗棂，遇凉风暂至，帘影兴波，仿佛湖纹荡漾几案间，襟抱自然清凉也。二备蕉扇，边缘以蓝布密缝，防其散损。正面莫作墨书，宜剪薄纸板，作古文奇字，黏于节行间。就火熏之，略焦，便去字模，立见阴文数字，有如拓本，永不磨灭，亦雅玩也。三备竹榻，四脚没以洋灰，可绝虫患，用久滑如漆，凉如冰，坐卧两宜。四备蚊帐，料用薄纱，取其透气。式尚方顶，取其宽舒。五备矮竹椅，携取轻便，就风口安置，或冥坐，或进膳，或温书，或阅报，皆得披襟之乐，晚可移向凉台，与家人围坐，或说故事，或猜俗谜，星斗满天，凉月入座，浑忘暑之酷矣。六备蓝灯泡，光柔悦目，不生烦躁之感，且绝飞蛾之扰。七备纱罩，安放肴余，免为虫腐。八备时疫药品，则以应不时之需者。或问八备何以遗荧光灯、电风扇、冰箱诸物，则曰："寻常百姓，力不能及耳。"

教师思想改造，分区集中举行。沪新在市南女中，全校同仁皆参与。余生于旧社会五十年，旧思想、旧观念至深重，非新社会所宜有也。且余为教师，何能自封故步，贻毒青年，改造之急宜也。经暑期一月之教育，深知余病有三：一曰埋首故纸，漠视政治；二曰个性发展，自由主义；三曰抱残守缺，厚古薄今。此次医遇岐黄，术攻腠理，然膏肓之症，不能一药回生，譬之刮垢汰污，初沐而已。余维一生碌碌，业无所立，犹沙土之贱，嗣后若芟芜去稗，尚堪艺植，尽硗埆之用，为桑榆之收，因改字曰泥庵。

社会主义改造肇始，沪新改市立，初中部易名共青中学，高中部移并第七十一中学，余随往，仍为语文教员，兼教研组长。

广　元　路

广元路东临衡山路，西临华山路，余寓在路东端，近衡山公园。衡山公园占地不甚广，中为草坪，四周花草，欣欣常荣，高木三五株，矗立如盖。东北隅设茶室，置竹屋。西南隅架滑梯等具，为儿童嬉游处。晨有老年打拳，午有茶客品茗弈棋，夏晚邻近居民多往纳凉。

与公园隔宛平路相望者，为衡山宾馆，高楼十余层，招待外宾之所。余寓屋主姜尚俊，小学同学也。解放前，任招商局科长，颇获非义财，自置宅，楼三层，层两间，余赁三楼左一间。右一间居者江叔平，亦小学同学，中国电池厂学徒出身，任职某电池厂。理中学卒业，考入沈阳美术专科学校。启与朱汝珍结婚，后生女曰玫，男曰侗。律调南京建设银行。

宛　平　路

宛平路旧名汶林路，北起淮海中路，南讫肇嘉滨路，今由肇嘉滨路展至龙华镇，称宛平南路。

余寓近衡山路，屋主姓徐，金山大地主也，自置宅，楼三层，另过街楼两层，余税其过街楼上层一间。

肇嘉滨路，林荫大道也，旧为污河，沿岸居者皆蓬户，水腐草败，夏丛蚊蚋，时比北京之龙须沟。既兴筑大道，篷户皆迁地得所，境地亦顿改观，昔日臭河滨，今为小花园矣。近谨记桥一带，两沿多植杨柳，垂丝万缕，鹅黄鸭绿，含雨笼烟，为大道最胜处。余徙倚其间，辄有晓风残月之感。而稠阴覆道，低枝拂衣，尤与里中北郭情景为近，第少红板小桥，清流曲水，为之点缀耳。

燕平会馆在余寓对门，改设燕平小学，皆平屋，故凭余楼窗可眺远。沪城西隅，扑地廛闬，属天屋宇，胶葛无垠，时或云谲霭诡。设色，浓于远山，又具野情画趣。春夏之交，街木叶发，茀茀芃芃，望如碧海。偶来蛱蝶亲人，绕窗翻飞，祥风入户，翕习掀书，此则前寓所未有，而全视为爱得我所者也。后门临菜场，采购至便，晨多喧扰，又事难两全矣。

理大学卒业，服从统一分配，初入本市古典文学社工作，旋调少年儿童出版社。与何礼蔚结婚，后生女磬，子曰旸。

律调江浦县中国人民银行江浦支行，启调河北省邯郸市邯郸钢铁厂。

余有金陵之行，寓贡院街律寓。屋两间，银行宿舍也。街有夫子庙，如上海大世界制，设游艺场。余时偕素芬往观扬州戏。奇芳阁等茶楼仍在秦淮河上，往日明灯画舫，歌扇舞衫，已绝迹于新社会矣。中山陵、莫愁湖、玄武湖、雨花台诸名胜，皆遍游，而尤爱白鹭洲。洲距贡院街近，由夫子庙口经曲巷数折便达。按正史志白鹭洲碑云："秦淮源出句容、溧水两山间，自方山合流。至建康，贯城中而西，以达于江。秦淮于府之左，分为二支，一支入城，一支绕城外，共夹一洲，曰白鹭。"李白诗涉及此洲者曰："白鹭映春洲。"见《登金陵冶城西北谢公墩》，曰："二水中分白鹭洲。"见《登金陵凤凰台》。又《宿白鹭洲》云："朝别朱雀门，暮栖白鹭洲。波光摇海月，星影入城楼。望美金陵宰，如思琼树忧。徒令魂入梦，翻觉夜成秋。绿水解人意，为余西北流。

因声玉琴里，荡漾寄君愁。”朱雀门即金陵南门，有赏心亭，旧名二水亭，其前曰白鹭亭，在水西门上，故李诗又涉及也。今洲在城下，设桥以济，上建风亭月榭，曲径可通，彻花坛树，极萧疏之致。石城虎踞，绕其半壁，淮水环流，烟波浩渺，以里中小金山拟之，逊此幽僻清旷，东坡诗所谓“故乡无此好湖山”也。

在宁七日，乘沪宁车至京口，复渡江返里，寓孙君蔚民寓。寓在扬州师范学院，以孙君时主院政也。校门临柳湖，近大虹桥，其西北小金山、五亭桥、法海寺、瘦西湖诸胜，登孙君寓楼，皆历历在目。孙君偕余与素芬一游五亭桥，桥有五亭故名，位莲花埂侧，因又名莲花桥。清乾隆间建，余在里时，已剥落，经修整，复焕炳，文栋雕梁，飞榱洞户，望若天半彩霓，湖上桥梁甲观也。赴方君传勋宅，省外舅起居，相见皆欢然。外舅年八十余，步履犹健，盖一生深于涵养也。汪君澄甫，偕仲姨邀餐聚，并宿其家两夕，灯下言笑，恍如旧日。汪君为余言扬城已拆卸，改筑环城马路，中心街道亦放宽，旧市河亦填平，市容大改旧观。里中本无大学，今除师范学院外，尚有农业学院等四所。东关外兴办工厂，烟囱林立，扬州非复消费城市矣。余欣然曰：“解放才十载耳，乡井猛进如斯，真匪夷所思矣，不知尔后退休，能返里欢度晚年否？”汪君曰：“蔚民亦有此意，拟税较宽住宅，余等共居之。”仲姨、素芬皆喜曰：“此事若克谐，父亲必享百岁高寿也。”余以一日奔走，入城探湾子街、院大街旧址，无相识者。访同学故居，无知其踪迹者。仲姨、素芬偕余赴府东街，旧居老邻犹辨渠姊妹面目，而指余问曰："翁何人也？"贺知章诗云："少小离家老大回，乡音无改鬓毛衰。儿童相见不相识，笑问客从何处来。"余离乡三十年，今处斯境，诵贺诗，不胜感慨系之。

余有退休返里之意，揆诸人事，难遂初心，因易旧堂名向阳为四海，而铭之曰："一椽僻壤，三径荒遐。寓形宇内，在处为家。宅吾心以安兮，又何论乎地之角、天之涯。"

辑印谱成，凡三集：一集刻毛主席诗词附余自用印；一集刻乡里山水、市坊、技艺、人物诸印；一集为婿何礼蔚与女理刻名字谱印，都两百余方。余自年三十习金石，时作时辍，阅岁既久，所治亦数千石。古文奇字，秦玺汉铜，肆习未尝不勤，明清诸家，俱曾编摩。深知雕镌虽以小篆为之，而难再有金石气。篆刻之至者，曰奇拙朴茂，曰刚健遒劲，曰闳肆跌宕，曰清秀俊逸，皆以韵言也。韵者，金石气之凝也，有金石气而后有韵，无韵则神滞，而浮滑纤巧之弊生焉。杭世骏《丁敬传》云："好金石之文，穷崖绝壁，手自摩搨。性耽群籍，满室丛残，皆异册也。"龙泓为西泠一脉之宗，以言金石气，庶乎得之。然则金石之气，根于学也，以姿媚者，无学；以巧炫者，无学；以狂怪骇众者，更无学。一业之立，一技之成，皆学为之，不特印章然也。见余刻者曰："有书卷气。"不曰有金石气，学未至耳。故余三集中可观者尠。题一绝于二集端曰："自编印稿自评量，甘苦深从凿石尝。累累平生千百刻，赏心不过两三方。”

中国谚语，民间语言之精粹也。余尝搜集万言，自迁宛平路，路西漕溪路，有徐汇藏书楼，楼中所贮旧省府县志书颇备。志书多设方言、农谚二门，余时往假观，所获益富，发愿编为一书，命曰《谚语汇征》。一重语式，采其完句，只字单词不录，定体也。二举语证，标其出处，口头流传不录，立信也。三剖语义，表其用途，义无足取不录，敦教也。其有语源可稽者，或陈旧说，或发新知，借明本始。编排不以单语，集如干单语为组，异文可资发明者归之；义相同相近或相反而相成者归之；句式类似而可资参较者归之。每组以一单语为领，附诸归单语于下，检一语而相关诸语尽在目。废参阅互检之劳，收触类旁通之效，此与字典辞书相径庭者也。《说文》云：“谚，传言也，从言，彦声。”又云：“彦，美士有文，人所言也。”谚以彦为义，言有文美士之言，而可传于世也。然谚之兴，远在文字之前，其传也以口。杨万里《独醒杂志》序云：“古者，有亡书，无亡言。南人之言，孔子取之，夏谚之言，晏子诵焉。南北异地，夏周殊时，而其言犹存，未必垂之策书也，口传焉而已。口所传者，皆街谈巷语，道听途说者之所造也。”《文心雕龙》云：“文辞鄙俚，莫过于谚。而圣贤诗书，采以为谈，故孔子有取乎南言，晏子善诵夫夏谚，自叔重说文以彦为义，而彦又为美士有文，致笺注之家，多墨守陈说。”赵宧光《说文长笺》云：“传言者，一时民风土著论议也，故从彦言。若鄙俚淫僻之词，何谚之有。”

段玉裁《说文注》云："传言者，古语也。凡经传所称之谚，无非前代故训，而宋人作注，乃以俗语俗论当之，误矣。"赵氏知谚为一时民风土著论议，而必从彦言，段氏知谚为古语，而斥宋人以俗语俗论当之，非不知谚出天籁，直抒己志，鄙俚其本色也。古代輶车之采，职方之掌，以及士人应对之用，取其直言浑朴，绝无文饰，于世治之污隆，人材之美恶，莫不一本至公。孔子所云虽小道，必有可观者焉。顾古谚之传本以口，而其存于载籍者，必经笔录。史通云："战国以前，其言皆可讽咏，非但笔削所致，良用体质素美，是谚经笔削，必已润色，从彦取义，重其末而失其本矣。"颜师古《汉书五行志》注云："谚，俗所传言也。"斯为探源之论，故今世之谚，一支传自文士，笔削而文。一支传自市井，有实无华，而本则一，刍荛之言，闾巷之谈也。是以谚一曰古语，古谚。古俚语，谓自古有之也。亦曰直语，谓直抒胸臆也。又曰常言、常谈、常谚、恒言，谓时诵于口也。或曰方言、乡谚、里谚、里语，谓一地所行也。或曰民谚、俗语、俗言、俗谚、俚语、鄙语、鄙谚、野谚，谓世俗所播也。或曰农语、农谚、田家谚，谓村社之占也。其以时代称者，曰夏谚，曰周谚，曰汉谚，曰唐谚。以地域称者，曰秦谚，曰楚谚，曰邹鲁谚，曰越谚，曰闽谚，曰吴谚，曰蜀谚，曰滇谚，曰邺下谚，至谚或作喭、唁，则三字同音，可以假借。《文心雕龙》所云："谚、喭、唁，同一字也。"

古今人裒谚成书，可分七类：一为杂采载籍，无分古今者。宋周守忠有《古今谚》，著录于《四库全书总目提要》，明杨慎有同名之辑。其限于古而以类分者，近有孙楷第《宋元明清四朝谚语类辑》。其不注出处，亦不分类者，旧有昔时贤文。二为旁征博引探索语源者，宋龚颐正《续释常谈》开其端，嗣起者，清有钱大昕《恒言录》，梁同书《直语补证》，钱大昭《迩言》，郑鸿志《常语考源》，唐训方《里语证实》，孙锦标《通俗常言疏证》，若翟灏之《通俗编》，不限于谚，又此类之附庸也。三为纂言钩玄，寻求奥旨者，清林伯桐之《古谚笺》，平步青之《释谚》，其选也。四为专述乡谈，占年卜候者，宋有陆泳《吴下田家志》，元有娄元礼《田家五行志》，若农占，四时杂占，四时占候以及清梁章钜之《农侯杂占》，皆是。至世传汉崔寔辑《农家谚》，乃伪书，而非是类之滥觞也。五为广罗遍采，以地为限者。自清孔尚任之《鲁谚》，范寅之《越谚》，以及近人胡惟德之《沪谚》，顾颉刚之《吴谚集》，赵质辰之《河南谚语集》，皆其著者也。六为缀以韵语，或集为联者，梦雨老人之《方言韵语》，北庄素史之《吴下谚联》，胡启俊之《雅语巧对录》，均清人所为也。七为谣谚兼收，不主一体者。明有郭子章之《六语》，清有杜文澜之《古谣谚》，俱以淹博称者也。余书纂组于诸家之后，宝山珠海，采获匪难，嗣业承绪，工役必省，异日杀青，当附谚书书目于编末，庶免掠美之诮，藉供讨研之资。

存书两千余册，出售古籍书店，由书店采购员卢君为介。卢君善鉴古刻板本，熟于晚清书林掌故，与余谈论颇相契，载余书三车以去。昔有故家才妇陈维坤者，鬻元人百家诗，以诗写笺黏书后云：“典及琴书事可知，又从架上检元诗。先人手泽飘零尽，世族生涯落魄悲。此去鸡林求易得，他年邺架借应痴。亦知长别无由见，珍重寒闺伴我时。”余以此诗和其韵而反其意曰：“自家长物自家知，插架堆床只暂时。一旦卖驴惭字缺，千金享帚免人嗤。贫儿碗运成陈迹，道士章驱有导师。珍重临歧挥手别，多年伴我莫情痴。”

余年六十一退休，自二十五岁入中小学为教师，凡历三十有六年。除上述专任与兼代诸校课外，尚有培明女中、中国女中、华东女中、怀久女中、新寰中学、正光中学、法政附中、比乐夜中，皆兼任也。

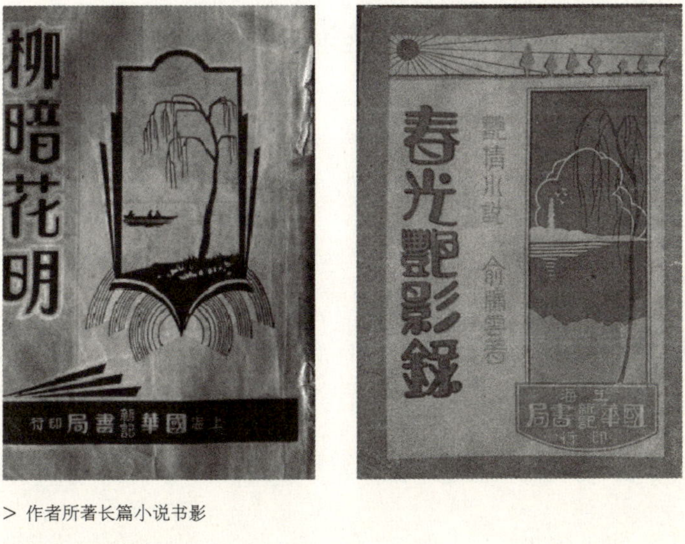

> 作者所著长篇小说书影

> 作者后人清明扫墓

编 后 记

董宁文

两个多月前的一天下午，与邹建东君相约去春惜馀堂看望八十八叟俞律老先生。那天下午，三人在一起品茗闲聊，赏诗评文，惬意畅快。言谈之中，俞老谈及手头已编好他父亲的两部遗稿，一为《寓记》，一为《里门杂咏》，想寻机出版。并介绍了这两部遗稿的相关写作背景及他父亲为此付出的心血。听完俞老的一席话，我觉得这两部书稿非常有价值，而且用寓记的形式记录长源公的一生行迹，从中可以窥见其时的社会变迁、人事更迭、风俗人情，读来令人感慨莫名，并能从中受到非常多的教益。文章以文言写出，可品可鉴。《里门杂咏》通过诗体的吟咏，亦可作为《寓记》阅读的补充。

我与俞老交往至今已有二十余年，这些年间，时常向俞老请教，大多的时间总是闲聊，谈我们都相识相知的师友，谈当下文化、文学界的种种，谈书法、绘画、诗词，也说戏曲。总之，无边无际，其乐也融融。曾记得多年前的一个大雪纷飞的上午，我与俞老在邮局邂逅，于是就请俞老到我的尚书楼喝茶。那天送俞老回家时，我扶着俞老，踏着深深的积雪，一步一滑地艰难地走着，听着脚下沙沙的脚步声，感觉真的非常温暖。其时，我们两家相距只一箭之遥，所以那段时间时常见面。前些时候，俞老虽然又搬了新居，但仍然相距不远，这也许是我们的“寓记”之缘吧。

前几天给俞老送校样时，俞老嘱写编后记以记录这部书稿的出版原委，于是遵嘱写下以上的一些简要说明，以为纪念矣。不当之处，还请俞老及读者诸君谅之为幸。

二〇一四年十二月二十八日漫记于金陵南郊之开卷楼晴窗

开卷书坊

里門雜錄

扬州·俞长源 著
俞律 慕相中 编

黄山书社

里门杂咏

自序

旧作《扬州杂咏》，成于民国己巳。阅七稔，侨寄沪城，理箧得稿，三复吟玩，追念往事，犹有忆记如新者。复命笔赓续若干首，汇装一帙，改题曰《里门杂咏》，所以寄家山之思也。溯余生于清光绪己亥，迨全告杀青，年三十有九矣。诗中所涉及者，皆一地之名胜古迹、琐事俗谈。然自清末以讫民初，世事推移，新陈消长之迹，亦错杂于篇章，与有心人共鉴焉。盛年不学，勉力咏事，吴歈巴歌，风人不废，托兴抒怀，聊胜博弈云耳。

民国二十七年　江都俞长源自识于沪上寓庐

半身惆怅梦中身，往事追怀坠幻尘。
且付竹西新鼓吹，殷勤留待采风人。

扬城为苏北大邑，余生于是，长于是，业于是，历时三十余稔，里中名胜市井风土人文，不能漠然于怀，爱效竹枝之体，成诗若干首，命曰『扬州杂咏』。

文章不检失风头，兴扫高轩跨鹤游。
土长根生胆子大，如今让我话扬州。

易君左为江苏省教育厅编审时，曾游吾邑，撰《闲话扬州》一书，邑人以其记述失实，欲毁其版。易亦争辩，笔墨官司，一时喧腾报章，卒辍其书之印行而罢。

基开名郡溯西京，雄踞东南接海瀛。
待到鲍参军作赋，狼嗥鸱啸一芜城。

秦置广陵县，汉改郡，更名江都，治地在今县城东北。晋宋间，因竟陵王之乱，城邑荒废，鲍照有《芜城赋》。

盐铁转输货贿滋，万商云聚百工熙。
一扬二益夸唐谚，此是江城极盛时。

今县城始于唐，宋元修建，版筑日拓，《容斋随笔》云：『唐世盐铁转运使在扬州，尽斡利权，判官多至数十人，商贾如织，故谚称「扬一益二」。』益，益州，今四川省地，言唐世富庶之区，扬居首，而蜀次之也。

胡骑侵陵劫迹遗，荒城满目尽疮痍。
词人一曲扬州慢，无限离离黍秀思。

宋南渡后，郡城复荒落，姜夔《扬州慢》词序云：『予过维扬……四顾萧条，寒水自碧，暮色渐起，

戍角悲鸣。』盖金兵南犯之厄也。

地满鱼盐物力饶，太平粉饰极清朝。
烟波楼阁绮罗女，岂止牛郎笔下描。

清康熙、乾隆两朝，多次南巡至扬，官绅盐贾，赋工属役，踵事增华，园林遂盛，地方亦告繁荣。牛翊祖诗云：『金粉楼台都面水，绮罗仕女不知秋。』盖谓此也。

江甘县界已消除，说甚银铜别瘠腴。
阛邑今朝齐殖产，千门万户便陶朱。

清设扬州府，辖江都、甘泉两县，谚云：『银江都，铜甘泉。』盖江都治地商业殷盛，故较甘泉为富庶也。民国废府，并江都、甘泉为一县，即今江都县治。

谯楼高峻女墙齐，淮左城墉数竹西。
不似石头龙虎踞，梅花岭下鹤幽栖。

民歌云：『扬州城，十二门，四水关，六吊桥。』今增辟新城门一，相传城形似鹤，西门隅雉埤突出处为仙鹤膝，《梦香词》云：『北郭寒烟凝鹤膝。』此地今名西砲子寨。

尺幅舆图绘郡城，前朝刘叟启先程。
导游功在腰缠客，曲巷通衢指掌明。

清乾隆间，旌德刘茂吉寓扬，年七十，亲历邑中关津公廨通衢曲巷，绘扬州两城图，巡盐御史高恒为记。

三百年来有禁书，扬州十日记城屠。
刀光剑影经时灭，血海深深永不枯。

明末，清军攻破郡城，屠杀十日，王秀楚有《扬州十日记》。

虐杀华婴是罪魁，义民声讨愤如雷。
何期清政甘洋媚，辱国丧权又一回。

清同治间，法教士虐杀所设育婴堂中数十婴孩。时英教士亦占民产，强设教堂。扬民大愤，群起张贴传单，反对洋教，并毁教士住屋。由于清室媚外，藩臣庸暗，终以赔偿教会损失，保护外侨安全了事。

吊民伐罪起天兵，一代王朝覆满清。
犹记山河光复日，白旗偏树绿杨城。

辛亥革命时，镇江裁缝冒革命党代表孙天生来扬，释狱囚，抄库银，清府县官皆逃，居民悬白旗表欢迎，由是扬城光复。

穷寇回戈未厌兵，愁云愁雾压围城。
斜阳巷陌行人断，但听萧萧战马鸣。

北伐军既入苏省，军阀孙传芳北退，嗣复回戈来扬，负隅顽抗，居民居围城中，匿不敢出，入晚即断行人。月余，孙军卒退。

军人割据各称雄，叹息民生困厄中。
北伐大旗邗上立，新歌处处唱黄童。

北伐军莅扬，有打倒列强除军阀歌，幼童均欢唱之。

东邻狼虎肆兼吞，片土江都亦不存。
举邑苍黄流四野，惊魂我定郭家村。

日寇渡江，扬城沦陷，居民远避，十室九空。余家初迁仙女庙，嗣移郭村，稍宁静，闻城中焚掠奸淫，非复人境矣。

故实详稽古广陵，明经著作极耑精。
艺文乙部知多少，通典无人不服膺。

《广陵通典》，清汪中著，考核土地沿革，历代人物典礼极精，为邑中史书重要著作。

处处风亭接月廊，名园记述费平章。
要从营造窥工务，见识高人让艾塘。

清世扬州以园林著称，程梦星名世有《扬州名园记》，备述綦盛。余尝谓园林结构，具建筑学，李斗《扬州画舫录》有工段营造一卷，言之备矣。斗，字艾塘。

一编能汇百川流，花鸟鱼虫也尽收。
自有扬州画舫录，尽将志乘废官修。

阮元《扬州画舫录》序云：『艾塘于是综蜀冈、平山堂诸名胜，园亭寺观、风土人物，仿《水经注》之例，分其地而载之。』其书极为世重，府县志所不及。

水饮邗江韵味娇，新词爱谱古巴谣。
二分月下谁心赏，自有诗人郑板桥。

《扬州竹枝词》，清董伟业著，共九十九首，郑板桥极赏之，为作序。

十里扬州好处多，梦香词里细搜罗。
描摹未秉风人笔，只写销金一乐窝。

《扬州梦香词》，清费轩著，词调用『忆江南』，每词起句作扬州好，极言湖山胜概，品物丰盈，少风人讽刺之旨。

乐府新声见别裁，方言唱出广陵来。
观风先向康衢采，小道中间有大才。

《方言韵语》，题梦雨老人撰，用乐府体，杂采邑中俗谚为之。方言书中之别裁也。

巷说街谈亦可观，广陵潮涌彩毫端。
正同外史传儒士，曼倩诙谐作稗官。

近人李涵秋著章回小说《广陵潮》，刻画士人丑行，市井琐事，极笔酣墨舞之致，与《儒林外史》同旨趣，鲁迅先生所谓小说中之谴责派也。

丛刊体例未为纯，佚简遗编也足珍。
想见临安书籍铺，芸芬犹馥后苗陈。

《扬州丛刊》，书贾陈氏刊行，所收《扬州十日记》《扬州水道记》诸书，随得随刊。南宋临安业书者，以陈姓为多，今所刊唐宋人诗文小集，恒印临安府棚北大街睦亲坊陈宅书籍铺刊行牌记，今陈氏有遗风焉。

邗沟河道辟春秋，千里江淮古迹留。
今日吴王香火庙，满阶荒草使人愁。

邗沟大王庙，在钞关外运河西岸，《扬州画舫录》云：『正位为吴王夫差像，副位为汉吴王刘濞像。《左传》哀公九年，秋，吴城邗沟通江、淮，此今之运河自江入淮之道也。自茱萸湾通海陵、如皋、蟠溪，此吴王濞所开之河，今运盐道也。』庙在清时，香火尚盛，今仅存一荒址而已。

新旧城间界一河，行人全赖济桥多。
熏风微扇称佳日，才见游船泛碧波。

小秦淮自城内小东门流注北门外城河，为新旧城界线，上建小桥多座，以利交通，四时中惟夏日有游船来往。

一线长河气势雄，北来南去利交通。
欲知邗上兴衰事，只在帆樯多少中。

运河自鲁入境，南注长江入浙，向为南北交通要道，吾乡繁盛系之。自沪宁、京浦两铁路兴筑，运河失其效用，扬地亦浸衰矣。

谁将名唤瘦西湖，景物休夸画本如。
菱藕鱼虾收岁利，水乡不负是农渔。

长春湖在城西北，一名保障湖，今名瘦西湖，春夏之交，游船如织，为一境胜地，湖上产菱藕、鱼虾，沿岸农家渔户岁收其利。

汉人曾说广陵涛，强指钱塘笑柱胶。
应识弄潮扬子渡，长干古曲唱南朝。

枚乘《七发》云：『观涛于广陵之曲江。』说者谓曲江指今之浙江，广陵旧治甚大，故赅括言之，非指今扬州也。辨之者引《南兖州记》云：『瓜步五里，有瓜步山，南临江中，涛水自海入江，冲激六百里，至此岸侧，其势稍衰。』又引李绅诗云『扬州郭里见潮生』。证广陵固有涛也。余按今县城南有扬子桥，其地古名扬子津，由此南渡，即为京口，乐府《长干曲》云：『妾家住扬子，便弄广陵潮。』实为明证。宋后江岸变移，扬城去江日远，遂无潮观。

扬子江头扬子津，骊歌不复唱行人。
小桥酒肆河干路，只有杨花岁送春。

扬子江在城南，渡口曰扬子津，南渡京口必由此，今已改观，犹有桥名扬子。孟浩然《扬子津望京口》诗云：『北固临京口，夷山近海滨，江风白浪起，愁杀渡头人。』谓此地也。

云根有水涌冈巅，味品人间第五泉。
留得平山堂上客，一瓯玉乳老僧煎。

蜀冈有二泉，一泉上建覆井亭，有石刻『天下第五泉』五字嵌石壁上，清王澍书。一泉在覆井亭前石壁夹涧间，亦称第五泉，此泉先出，世俗以覆井亭之泉为准。客游平山堂者，寺僧必以泉茶一杯相饷。

昆冈突起有三峰，地脉相传与蜀通。
且莫振衣千仞顶，山腰要看万株松。

扬地山以蜀冈为首，在城西北五里，旧传地脉通蜀，故名蜀冈，即鲍照《芜城赋》所云，轴以昆冈者。

冈分东中西三峰，中峰有平山堂、法静寺、万松岭诸胜，万松岭在中东两峰间，苍松矗立成材，虬枝翠盖蓊郁蓬勃，山风震撼，谡谡作涛声。清歙人汪应庚所植，汪自号『万松居士』。

功德峰分一脉青，宋明曾著旧图经。
登临仿佛天街近，无复山亭共摘星。

功德山为蜀冈东峰，俗呼观音山，上建观音寺，六月香市极盛，宋时为摘星寺，有摘星亭，一称『摘星楼』，见宋明旧志。

保障清溪曲一湾，盈盈波涌小金山。
蒹葭拨处游船济，人境蓬莱自可攀。

小金山在城西北瘦西湖中，形如伏釜，拟京江金山而名。中有长春岭，遍植梅树，额曰『梅岭春深』。上构六角亭，可眺远。岭麓构湖上草堂，堂西筑长堤，堤端有亭曰『钓渚』。夏日，芰荷满浦。

人言扫垢是荒山，古塚累累六月寒。
我看两峰夹道立，模形约略似边关。

扫垢山在西门外，俗呼骚狗山。童秃无树石，荒塚丛集，惟两山壁立，中留狭道，并辔不能通，有关隘之观。

旧说三山不出头，倚巫踪迹已难求。
居民今日登临处，只是康家一故丘。

康山在城东南隅，以明康海寓此得名，高与城比肩，登临可望城中万户、河上风帆。谚云『三山不出头』，三山谓康山、倚山和巫山，皆城中土埠，今倚巫二山已难究诘，惟康山尚屹立无恙。

西苑迷楼荡土尘，秋萤犹自映畦畛。
隋家草草兴亡过，留得雷塘识后人。

雷塘在城西，隋炀帝葬地。旧传西苑、迷楼、萤苑皆炀帝遗迹，今皆荡为尘埃，惟里人尚能指雷塘葬处，亦淹为民田矣。

芳径依稀认竹西，寒烟荒草总凄迷。
樊川句在山亭废，谁更璇闺旧议提。

竹西芳径在蜀冈上，右有竹西亭，取名杜牧诗『谁知竹西路，歌吹是扬州』。后移建禅智寺西，今亦废。清初，女诗人徐德音倡议于旧址复建亭，有句云：『那知歌吹樊川句，重辟寒烟蔓草中。』实未果行。

古观蕃釐卧绿苔，更无人道看花来。
瑶台早断琼芳影，只为奇葩不易栽。

琼花观古为后土祠，又名蕃釐观，演义小说传为隋炀帝看琼花处。府志谓，欧阳修守扬时建无

双亭以赏之，唐宋间花尚繁殖，今已无存，观亦仅存颓垣而已。余按琼花辨者甚夥，或疑为玉兰，或断为玉蕊，或误为绣球，实则琼花自有种，不特移植不易，即产地栽培亦难，故不传于后耳。

凿奇发异夺天工，堂构遗踪认醉翁。
此是淮东观第一，隔江山色有无中。

平山堂在蜀冈上，宋庆历中欧阳修守吾郡时建，江南诸山拱揖槛前，若可攀跻，故曰平山堂。历元明两朝，兴废无常。清康熙初，知府金长真、邑人汪懋麟重建，今法净寺山墙上有『淮东第一观』五字石刻，出清蒋衡书，语本秦观《次韵子由题平山堂》诗云：『游人若论登临美，须作淮东第一观。』清汪应庚有《平山堂缆胜志》，程梦星有《平山堂小志》，赵之壁有《平山堂图志》，皆铺陈一郡胜地之作。

一径岩阿辟薜萝，草堂结构面烟波。
画桥粉塔窗间影，占得湖山胜处多。

湖上草堂为小金山最胜处，面临瘦西湖，法海寺、白塔、五亭桥均在望，楼台倒影，烟水浮光掩映，窗槛间，俨如画屏环列。湖上游览，推为甲观。

隋世曹家有故基，选楼峻宇莫多疑。
昭明著作崇贤注，何必萧梁古迹遗。

旧城旌忠寺巷，一名曹宪巷，又名文楼巷，中有文选楼，传为梁昭明太子萧统著文选处，《两般秋雨庵》力辨其伪。余按：巷本隋曹宪故里，李善从宪传文选之学，为文选注，世称博洽。善亦邑人，仕唐官崇贤馆直学士，然则是楼为善注文选而设，而以昭明统其名也。

董子祠堂道士家，祭仪早已废官衙。
夏时渴解行人吻，缘结门前一盏茶。

董公祠亦称董子祠，在北柳巷，祀汉江都相董仲舒。道士所居，内设施药局，夏日于门外施茶。

广储门外见崇墉，郁郁佳城葬史公。
一岁游人瞻拜日，岭梅花正放春风。

史公祠在广储门外，面临城河，中建正殿，供史公石刻像，廊壁嵌石刻家书与复睿亲王书。公殉难于清军破扬城时，乱军中失其遗体，以衣冠葬，墓在祠内梅花岭下，每岁花放，游人争瞻拜焉。

叶公坟地倚崇冈，翁仲无言看景光。
鹞子清明才放过，登高人又过重阳。

叶公坟在北门外，明叶相葬地。圹列石枋石几，阡列翁仲马羊，地极广旷，墓后有土埠高十余丈，土俗清明放风筝，重九登高，均以此为集中地。

徐园面对小金山，只隔清溪水一湾。
何日飞梁两岸跨，游人来往没遮栏。

徐园在小金山对岸，欲游两地者，必以船渡，余尝设想，若于两岸跨桥，则游人往来无阻矣。

湖屿经营地百弓，楼台近水小桥通。
山庄漫讶凫庄小，尺幅丹青点染工。

凫庄，陈氏别墅，在瘦西湖中小屿上，设小桥通法海寺前堤岸，近水楼台，招风延月，石壁间塑白衣观音像，仿佛别有洞天。

红药河梁认旧朝，月明不见玉人箫。
从来古迹多依托，岂独扬州廿四桥。

廿四桥在西门外西门街上，一名红药桥。杜牧诗云：『二十四桥明月夜，玉人何处教吹箫。』世即疑为唐世遗迹。吴绮《扬州鼓吹词》序云：『是桥因古之二十四美人吹箫于此，故名。』此即由杜牧诗附会而立说者。沈括《补笔谈》列举宋时扬地二十四座桥名，可证唐宋之际，邑中桥梁实

有二十四数。杜牧诗云『何处教吹箫』，正言不知吹箫于何桥之上，非专指一桥也。主专一桥之名，鉴于姜夔《扬州慢》，词云：『二十四桥仍在，波心荡冷月无声。』惟今桥是否即宋之遗，亦无佐证。《画舫录》云，廿四桥即吴家砖桥，桥西吴家瓦屋圩墙上石刻『烟花月夜』四字，不著书者姓名，则依托亦久矣。

诗人觞咏久沉消，湖上还存旧石桥。
镜里靓妆若为貌，当时曾有画家描。

王士祯《红桥游记》云：『出镇淮门，循小秦淮折而北。……拿小艇，循河西北行，林木尽处，有桥宛然，如垂虹下饮于涧，又如丽人靓妆袨服，流照明镜中，所谓红桥也。』王士祯《红桥游记》云：『出镇淮门，折而北，挐小舟循河西北行，林下尽处，有桥如丽人靓妆照明镜中，所谓红桥也。』今名大虹桥，士祯为扬州府推官时，觞咏于此。当时急管繁弦，酒帘画舫，掩映于其间，推为郡城胜地。《扬州名园记》有陈延令《虹桥图》。

一桥湖上五亭齐，朱栋雕栏幻彩霓。
留得游船荷荡里，笙歌闹到夕阳西。

五亭桥一名莲花桥，在城西北瘦西湖上，莲花埂畔，毗邻法海寺，上建五亭，雕栏画栋，俨如绮阁，下支四翼，每翼三洞，合正门洞为十五，游船均可通，湖上桥梁中巨制也，夏日游人甚盛，夕阳萧鼓继胜虹桥。

千年古刹枕昆冈，石室云龛是上方。
花事年年春事了，游人都上洛春堂。

法净寺在蜀冈上，南朝宋时名大明寺，入唐名栖灵寺，邑中伽蓝之最古者。历代屡圮屡复，今有真赏楼、洛春堂诸胜，并划平山堂于内。洛春堂多植绣球、牡丹，夏初花时，玉英琼蕊，紫腻红娇，游客倍于平时。

故事相传出寺中，斋饘难赶叹王公。
饥民今日求稀粥，也恐僧敲饭后钟。

石塔寺在旧城县西街，旧传唐王播微时寄食于此，寺僧厌怠，因于饭后鸣钟，王时不得食，题诗于壁上，有『惭愧阇黎饭后钟』之句。今邑人于腊月施粥寺中，天微明，贫民已麇集矣。

伽蓝法海碧湖滨，神像精雕丈八身。
白塔晴云景一段，镜头专摄外乡人。

法海寺在城西北瘦西湖西岸，一名『莲性寺』，建于元至元年间，所塑四大金刚像，出苏州名工。佛殿后建白塔，仿北京万寿山塔式，形若锥，云光掩霭，湖影荡漾。旧以『白塔晴云』为邑中二十四景之一，外地游客多以照相机摄取，以为扬州风景之征焉。

拱辰门外两丛林，梵宇禅房花木深。
日日午钟供游客，茶坊啜茗听清音。

新城拱辰门，俗称天宁门，门外有寺二，曰天宁，曰重宁。天宁在重宁前，志书传为晋谢安别墅旧址，规模大于重宁，称一邑丛林巨擘，是寺钟声宏远，日夜撞之。附近香影廊、庆春诸茶社茗客，时闻其清音。清田焯题柳林茶肆云：『赖君乳穴烹仙掌，饱听邻僧饭后钟。』咏此境也。

文峰寺下涉风波，宝塔几番眼底过。
一似望衡成九转，只因河道折纡多。

文峰寺在城南运河左案，内建七层塔曰文笔，亦循寺名称文峰，其地名宝塔湾，盖运河至此多纡折，行人于船上可回循见塔，有帆随湘转，望衡九回之观。

农桑邗上设田园，屋舍荒芜旧额存。
但愿年年膏泽足，报丰箫鼓满千村。

邗上农桑一景与杏花村舍相接，在今天宁门外，沿草河迤逦至长春桥而止，旧有仓房、浴蚕房、染色房、嫘祖祠、听机楼、绿桑亭、献功楼、击鼓吹豳台诸建筑，盖按清初耕织图而设者也，今仅存『邗上农桑』旧额而已。

雨重烟浓生远山，四桥都在冥蒙间。
分明一幅襄阳笔，展向湖楼衲子看。

四桥烟雨，邑中二十四景之一。四桥者，曰大虹，曰长春，曰莲花，曰玉版。长春桥界迎恩河与瘦西湖之间；玉版桥在小金山侧，与大虹桥、莲花桥分布城西北一区，每烟雨之际，四桥在一片蒙中，真画境也。

瘦西湖畔柳行齐，带雨笼烟拂地低。
春听鹂歌夏蝉唱，一年佳景在长堤。

沿瘦西湖左岸，自大虹桥爪至徐园止，是谓长堤。堤上遍植垂柳，有过路亭，供游人休憩。

门外粼粼水半环，亦村亦郭俗尘删。
西园旧榜依然在，剥啄无人日闭关。

西园曲水，在城北城河由北折西处，曲水当门，饶有野趣。清时为西园茶肆，继改园，有濯缨堂、水明楼诸胜，今西园曲水旧榜尚嵌遗址门首，游人无问津者。

辕门闹市众相称，鳞次商家互望衡。
俗例年年抛不得，万人如海看花灯。

辕门桥街为城中中心闹市，大商家集中于此，每届元宵节前，灯市极盛。

歌楼茶馆又书场，百戏纷陈客满堂。
若拟沪苏繁闹地，观玄妙与庙城隍。

教场位城中心，声伎饮食，靡不毕具，人物杂沓，四时喧阗如一日，与姑苏玄妙观、沪城城隍庙相将。

歌扇舞衣付劫灰，繁华已息小秦淮。
可怜零落章台柳，移向南河下内栽。

小东门街在旧城东，附近小秦淮河沿岸，旧为妓馆渊薮。吴绮《扬州鼓吹词》序云：『郡中城内，重城妓馆，每夕燃灯数万，粉黛绮罗甲天下。』民国后，尽移南河下，势已大衰。

凤凰桥畔北门街，米肆碾坊一字排。
莫道店中窝集满，零升买客瘦如柴。

北门街在北门外，街端有凤凰桥，米肆集中于此。肆中以狭长芦席围圈成塔形，中可储米数十担，俗称窝集。

彩衣街上有衣庄，选购凭君细打量。
老店忽添新货色，行人笑指旧西装。

彩衣街在大东门钓桥东，多衣店，出售新旧中装，近岁肆中陈列一二旧西装，店伙云：『皆沪上当典中流出者。』

吹打声中喜轿过，几家吉日嫁娇娥。
路程多子街前绕，好卜他年得子多。

多子街在缺口与大东门间，旧名缎子街，绸缎店集中地，今移辕门桥，扬俗喜轿必绕此街一过，谓可卜多子，亦迷信之一端也。

街名湾子曲如弓，行业人家半手工。
忙里秧歌声不断，原来众伙本村农。

湾子街为城东斜街，多手艺店，有木梳、牙刷、铜首饰、铁锁、雨伞等行业。伙计出乡农，工作时，农歌村曲不绝。

半村半郭一条街，垂柳高槐夹道栽。
买卖无人有夏市，香车蜡屐逐尘来。

出天宁门往北门，沿城河一带为下街，下街旧名『下买卖街』，以别于街右高坡上『上买卖街』而名，街旁多植槐柳，仅茶社数家，无他肆。夏日游湖者多经此，衣香车影络绎不绝，茶社亦客满。

丛书楼早散云烟，每过东关一怅然。
马板今犹传市肆，藏书不及刻书贤。

东关街为东关码头进出要道，清初祁门马氏寓此，长曰琯，次曰璐，世称『扬州二马』。筑小玲珑山馆丛书楼，藏书为江淮巨观，四方名士多归之。刻许氏《说文》《玉篇》《广韵》诸书，谓之『马板』。

柳巷分明是大街，野情旁注小秦淮。
南头供我流连处，前代诗人有寓斋。

南北柳巷，南端为大儒坊，北端为天宁门街，实为贯通新城南北大街之一。巷多住宅，沿西屋后临小秦淮，清诗人陈章寓此，厉鹗诗云：『柳巷南头诗老在，全家久住尚乡愁。』盖章本杭人也。

北郭通衢地一隅，弥陀小巷画师居。
畸人行径何妨怪，名迹今存鬼趣图。

弥陀巷一名百岁坊，在广储门街口，清画家罗聘寓此。聘为『扬州八怪』之一，八怪者，金农、郑燮、李方膺、汪士慎、高翔、黄慎、李鱓与罗聘。聘，邑人，题其居曰：『朱草诗林』，擅画人物、佛像、山水、花卉，其『鬼趣图』尤为世重。

太傅街中太傅家，风流旧迹话乾嘉。
子孙今日皆编户，市上犹呼阮少爷。

旧城太傅街，清阮元故居在焉。元仕清历官乾嘉道三朝，终体仁阁太学士，加太傅，故其居处以太傅名。街狭如巷，无肆，仅阮氏一家住宅。内有文选楼，元藏书处，著作甚富，辑邗上文献，曰『广陵诗事』。今其裔尚繁，年少者入市，居民犹指呼为『阮少爷』。

紫阳曾咏静春堂，最录遗文考墨庄。
志乘未能张坠绪，巷居赖有阮雷塘。

文楼巷在旧城小司徒庙侧，今名旌忠寺巷，宋刘式寓此，藏书数千卷，号曰『墨庄』。妻陈氏以遗书教子，世称『墨庄夫人』。朱熹有《墨庄》《静春堂》《冽轩》《玩易斋》《君子亭》五咏，见阮元《扬州文楼巷墨庄考》。元，号『雷塘庵主』，居文楼巷侧。

古墩老屋访天心，一室犹传翰墨林。
遥想归来堂上日，倾瓯一笑泼衣襟。

姜家墩在大东门街北巷内，墩西河边下岸名天心墩，一名天心庵，清女诗人张因居此，有《淑华集》，亦工画花卉、翎毛。夫黄秀才文旸，擅诗古文词，著书满家，有《曲海》二十卷。好葫芦，门庭墙溷皆有之，又著《葫芦谱》。

一人巷仅一人通，位置居然扼要冲。
来往行人多似鲫，冤家只怕巧相逢。

益人巷，俗呼『一人巷』，言狭隘只通一人行也。位处南柳巷与教场间，为新旧城行人来往要道。

奇迹相传有谚谣，说来眼底路非遥。
访求便在杨胡巷，三步相离两座桥。

双桥巷，一称杨胡巷，在徐宁门内，旧有古墓桥砖桥两座，相距仅三步，俗谚谓『三步两个桥』。

坐贾行商不问津，钞关知在运河滨。
码头聒聒乡音少，多是南腔北调人。

钞关旧名挹江门，十二城门之一，倚运河为城壕，关卡船埠，均设关外，为邑人渡江南往北去要道，四方货物，亦由运输入城。

东关门外看风光，三两斜帆送夕阳。
旧景凄迷逐流水，何人管此小沧桑。

东关旧名利津门，由此北往，经高邮、宝应、淮安等地入鲁，旧为行旅北往南来要道，今邑中对外交通南移，是门较钞关冷落多矣。

布帆无恙挂河津，乘客多归小火轮。
长笛一声鼓浪去，沿途破闷有新闻。

旧时扬地水上交通，悉赖帆船。民国后，钞关、东关外设立民办轮船公司，帆船营业遂衰。轮船俗呼『小火轮』，乘客登轮后，既有叫卖花生米、肉包子、豆腐干等食物者，亦有闪闪烁烁，暗藏春宫兜售者，轮启始散。又有唱小曲、说新闻者出舱中，喧扰不止，乘客可以破闷，姑亦安之，但费铜板数枚而已。

漫言票价太浮奢，图快人还乘汽车。
朝日京江才上岸，午炊未熟又归家。

新城门辟于便门与钞关之间，隔河对岸，设镇扬长途汽车公司，由邑绅卢氏殿虎创办。票价一元，车由扬开，至六圩止，乘客再乘轮渡达京口，往返仅两小时许，邮件报纸由此运输，快于往日。

黄包车捷下坡丸，自是双轮胜独盘。
一路频摇铃子响，只因街道不多宽。

独轮车，俗称『小车』，旧为妇女、老弱乘坐之具。黄包车行，少壮多御之，扬地街道狭隘，行时必不断摇曳车铃，以警行人。

帘卷斜阳暑未消，街头景又出时髦。
钢丝车子如飞过，两两三三乘少豪。

脚踏车俗呼『钢丝车』，初行扬地时，少豪喜于夏日傍晚，乘以招摇过市。少豪，俗对浮华少年之称谓。

邮船快每藉风帆，今有飞轮胜鸽衔。
千里家书万金值，递来人着绿衣衫。

官办邮局稳而快，送信人均着绿衣，俗称『邮差』，日分三次投递，快邮快送。旧时民营信局，俗称『本局』，至是遂废。

海角天涯一转晴，传书欣借电波行。
笑谈会有扬虚子，半夜敲门要吃惊。

电报局专办紧急文件，以电报机为收发利器，随收随译，深宵不辍投递，居民恒于是时收获意外噩耗，故以夜闻剥啄声为戒。

有约无须折简招，但凭灵巧话机摇。
破君一笑韩非疾，唤煞喂喂语未交。

电话局设立后，机关、学校、大商店均装电话机，发话人先摇机上柄，用喇叭通知接线生应接号码，铃响示线接妥，即得与对方通话，局中设长途电话，闹市设公用电话，有口吃者，手持话筒，连唤喂喂数十声，终未交一言而罢，一时传为笑柄。

电灯厂立运河旁，烟突峥嵘高插天。
只要隆隆声不断，万家明月自来圆。

商办扬州电灯厂，设钞关外运河右岸，技工多宁波人，升电捍迅捷如猿，俗呼电灯猴子。扬地旧用香油灯，嗣用火油灯，自厂设立，改用电灯者日众。电灯初行沪时，俗呼自来月，言其不燃而自明也。

轧轧机声古巷中，华昌袜厂正兴隆。
邗江城里轻工业，始见初芽破昧蒙。

华昌袜厂设于旧城古巷中，与东关外麦粉厂同为邗上轻工业之初芽。男女工数百人，分机织、洗染、烫熨、杂工等职，另放厂外女工亦数十户。机织工月成袜六百双者，男有手巾、面盆等奖品，女为化妆品。于旧历每月一日，以银圆发放工资，产品除本地外，并运销外埠。

残幅零笺旧画图，一经触手便新如。
装池掌故谈人物，董子祠旁叶御夫。

装池店俗称裱画店，工装潢术，破损旧书画，一经其手，完整如新。《画舫录》载吴县叶御夫装池店在董公祠旁，得唐熟纸法，今犹有传其术者。

货殖枭雄典业夸，世称朝奉是官家。
谁知穷汉宁饥死，不入长生质苧麻。

典铺俗呼『当典』，以物质钱，谓之当当，赎物谓之赎当。南河下洪水汪德兴当铺称业中巨擘，

其主均绅商，店伙倚势凌人，居民不堪盘剥，有谚云：『气死不告状，穷死不当当。』

两宝银楼有盛名，订婚首饰善经营。
店中多是宁波佬，阿拉乡音辨得清。

宝庆、宝盛两银楼，皆宁波人设立，出售首饰，收换金银物品，兼营珠宝。扬俗，两户订婚，男方须备首饰，贫为银，富为金与珠宝，最少两件，四件次之，多为八件。两楼营业以此为大宗。

松寿保和昔日堂，近时新业改称房。
一街相望中西别，由病家人各配方。

中药店均以堂为号，如天瑞、松寿、保和之类；西药店称药房，病家购药，谓之打药，今曰配方。

从来佳茗似佳人，景吉泰家品最珍。
柜上行销诸货色，雨前龙井碧螺春。

辕门桥街景吉泰茶叶店，执扬地茶叶业之牛耳，山架上以锡盒储货，多名品，大中户人家饮料，皆资此，最行销货色为龙井、碧螺春等。

四时花市似春朝，万紫千红斗冶妖。
天竹腊梅生意好，人间草草又年凋。

城内外均有花局，为培植花木之圃，市在辕门桥街等处，春有春梅、桃、兰、芍药，夏有荷花、蔷薇、玉簪、白兰花、茉莉、素馨、栀子花，秋有桂、菊，冬有腊梅、水仙、天竹果。冬市最盛，以俗例于岁末购置梅、竹插瓶，水仙盆养，为新年应时之点缀品也。

百鸟樊笼一肆悬，舌调簧鼓竞珠圆。
珍禽未许儿童享，黄雀佳音买价廉。

教场北隅有雀行，售各类笼养禽鸟，兼及白兔、洋老鼠。入其肆，彩羽纷呈，簧舌争巧，如入动物园囿。价高者鹦鹉、百灵、密鸟，次者画眉、八哥，贱者麻雀，铜板数枚而已。

蜀锦齐纨越地罗，晚霞光彩映秋波。
呢绒今日侵廛市，行看机房罢织梭。

绸缎庄旧售素缎、花缎、八团缎、杭绸、杭罗、缣丝诸品，今有毛葛软缎，香云纱、印度绸。辕门桥街宏大以大号著称，陈列货物，以大玻璃橱装置，环于店堂四围，自呢绒侵入，销路日广，绸缎庄亦兼售之。

百货谁还问五都，舶来品有客争趋。
漏卮不塞川源竭，未必无人痛切肤。

出售舶来品之商店，俗呼广货店。教场街鸿源规模最大，此邑人之漏卮，每岁流出金钱之数，

至可观也。

豆蔻梢头二月才，风情已自小姑开。
送郎慰渴惊鸿影，映月轩中拍摄来。

映月轩照相馆设于多子街傅家店巷内，以摄影清晰著名。少年情侣，恒就拍照互赠，以为传情达爱之珍品焉。

郭堂模样效张堂，汤划方栏座划厢。
浴业一行清代盛，招牌今尚见街坊。

《画舫录》云：『浴池之风，开于邵伯镇之郭堂，后徐宁门外之张堂效之。城内张氏复于兴教寺效其制，以相竞尚，由是四城内外皆然。……并以白石为池，方丈余，间为大小数格，其大者近镬水热为大池，次者为中池，小而水不甚热者为娃娃池。贮衣之柜环而列于厅事者为座箱，在两旁者

为站箱。』通小室者为暖房，今城内外浴室均如旧制，扬人呼为澡堂，大池称头池，中池称二池，娃娃池称三池，统称混汤，言共浴也。门前悬灯笼为记，下午开业，深宵歇止。近设扬州浴堂，设备较旧浴堂为完善，旧城府东街白玉池等，为清代老业，今尚存。

剃头店已换招牌，明镜晶晶顺次排。
师傅功夫到家否，凭君座上自窥来。

剃头店自男子剪辫，改名理发店，设靠背圈椅若干座，每座前悬大明镜一面，夏日有手拉风扇，可以招风。后女子剪发，有火烫，压发作波浪纹，效欧美妇人妆也。

好手要推天鳳厨，前朝佳品悉传渠。
鲂鲭上市宾盈馆，面味争当没骨鱼。

左卫街天凤园面馆，以没骨鱼鲂面著称。没骨鱼者，烹鱼使糜而去其骨，用作面汤，即谓之没骨鱼面，

鱼以鲴鲭为宜，《画舫录》云：『管大鲞鱼糊涂，鲞鱼即鲴鱼，糊涂谓羹之厚者，犹言没骨鱼羹。』又云：『徽人于河下街卖松毛包子，因仿岩镇街没骨鱼面，名其店合鲭，盖以鲭鱼羹为面也。』然则天凤之制，固袭自清人矣。

蒸人大暑又今年，红藕花开六月天。
知是观音生日近，吃斋客满老龙泉。

老龙泉素点馆，设教场南隅，售素包子素面，俗以六月十九日为观音诞日，信佛者皆吃素，故老龙泉营业以此季为盛。

九如午后一壶茶，满座招呼笑语哗。
日日相逢皆熟客，半为米贾半房牙。

九如分座茶肆，设于教场东隅，午市较盛，米商房牙集中于此，米贾探行情，房牙揽生意。房牙者，

房屋出租与承租之中间人。

长线才能放远鹞，富春生意似春潮。
星期佳日晴光媚，座位都为学界包。

富春茶肆，设城中得胜街富春巷中，以煨干丝、野鸭煨面、千层糕等点心著名。茶客多老主顾，茶毕，登茶资于账，至年节、端午节、中秋节付款，熟客可以介绍生客记账，以广招徕，故营业鼎盛，而以学界人士占多数，星期日晨即客满，后至者抱向隅之叹焉。

下街头上一茶坊，溪水湾湾抱曲廊。
多谢主人添雅座，湖游有处憩红妆。

香影廊茶肆，设于北门外下街，清明前开业，重阳后闭肆。故营业盛于夏季，其肆回廊曲槛，环以清流，茶烟波影，柳荫覆之，客人凭栏品茗，临河垂钓，如在画图中。自辟雅座后，湖游女客，

恒借此为憩息之所。

布帘高出竹篱门，茅屋清凉客语温。
征应无人成绝对，绿杨城郭绿杨村。

绿杨村茶肆，设北门外问月桥西。青帘招展，垂柳阴浓，竹篱端开一小门，入则红荷满池，通以小桥，茅屋八九间，分布竹林中，亦清凉世界也。北郊茶肆，点心不佳，而境地清幽，客亦多学界中人，有于地方报端，悬『绿杨城郭绿杨村』七字征对，闻无应者。

江楼谁唱冶春诗，弱柳虹桥瘦似丝。
茶肆新标当日榜，教人徙倚起幽思。

《画舫录》云：『康熙间，虹桥茶肆名冶春社，孔东塘为之题榜。』考王士正于吾扬修禊虹桥时，曾赋《冶春》诗。宗元鼎有句云：『五日东风十日雨，江楼齐唱冶春诗。』茶社之榜，盖用士正诗名。

今北郊茶肆，有悬『冶春』旧榜者，时移世异，无复当年胜概矣。

板鸭油鸡味未尝，过门先觉闷锅香。
广陵行业金陵出，迁地谁云物不良。

鸡鸭店售油鸡、板鸭、熏鸭、五香野鸭，皆熟食也。腿背肉为上，他为杂件。此业盛于金陵，多回教徒经营，扬地其移殖也。

屠门炙味号熏烧，肥脔精膎是豕炮。
摊设黄昏供晚市，一灯椹畔照操刀。

熏烧摊以猪头为主，制成熏烧烂肉，兼及猪肠舌尾，皆炙味也，晚间张灯街侧，摊列诸品，夏市为盛。

书场也是好生涯，听客盈堂无间期。
一日收钱三打转，先生屋主有分规。

评话俗谓说书，听讲谓听书，说书场所谓书场。城中教场为书场集中地，空屋三五间，中设书台，三面环座。说书人称先生，下午开讲，说书三段，一段毕，向客收钱，谓之打转。每日三次，得钱由先生屋主依单双日轮流分取，门首有招，墙上用红纸条书某人开讲某书书词。

梨园相望辟歌楼，海报争夸菊部头。
白纻红幺小开口，土音终爱我扬州。

扬州大舞台，在钞关内龙头关河道岸上，仿沪上舞台建筑。楼上分包厢楼座，楼下分前客座、后客座、旁客座。公园辟小舞台，无楼座，所聘皆沪汉二三等京角。每一班至，揭红纸海报于闹市，标出角色姓名与戏目，满座与否，决于角色显晦，惟两院每演小开口，必盛极一时。小开口者，本地戏之别称。其曲调唱香火调者，谓之大开口，唱清曲调者谓之小开口。

救火规模各立军，水龙功岂灭车薪。
居家终待星星慎，莫使焚如悟上宾。

救火会分设各街道，内有池蓄水，俗称水仓。救火器俗称水龙，各仓均备一架，救火员为义务职，有火灾，临时召集，先鸣紧急锣告急，火灭锣以缓敲三下为号，谓之打倒锣。城中教场建望火楼，可眺全境。

异乡托迹有同乡，会馆邗城数赣湘。
烟业数椽桥下屋，长留虹彩照文房。

各地旅扬商人，设有会馆，以南河下湖南、江西、安徽三馆最著。江西馆每岁新春，悬佛像、佛典画于堂壁，谓之水陆道场。湖南会馆有舞台，间延京班演戏，任居民观之。安徽馆办有安徽旅扬公学一所，此皆同乡会所也。其同业会所有烟业会馆，在宛虹桥侧，李涵秋著书处，先生家居板井，此其寓所也。

三间正屋两间厢，宽窄先看几架梁。
方向都言南向好，冬时温暖夏风凉。

普通住屋多为三间两厢，正屋中间位堂奥，两侧为卧房，卧房连厢房者谓之栊梢，厨房设栊梢对面一厢，两厢间为天井，盖凹字形屋也，其卧房侧有连屋者谓之套房，若三间两厢外，又有三间相对者，谓之对合两进。屋中地位宽狭，以屋梁架数为准，宽者为七架梁，狭者为五架梁，方向皆重南向，俗有『有钱买得朝南屋，子子孙孙都享福』之谚语。

深巷高墙一带遮，墙头时出两三花。
门标公馆分明道，不是寻常百姓家。

大户住宅，多为三进或三进以上，头进为厅，余为正屋。另有书房或花园，园中构花厅，多植花木，叠石为假山。四周围墙极高，谓之风火墙。大门谓之门楼，门前悬朱漆木牌，或用红纸油过，标曰某公馆。

巷陌井泉古凿开，洗衣淘米任人来。
东邻西舍栏边会，爱把家常谈一回。

井分家井公井，公井分布巷陌间，居民汲用甚便，家井不外汲。公井栏旁，每日恒聚妇女多人，于浣衣淘米时，互话家常。

漆器晶莹出巧工，玉镶螺嵌剧玲珑。
隐忧不免杞人抱，好景侵寻夕照红。

扬州漆器为世所重，辕门桥梁福盛漆器店所出挂屏屏风，高者镶玉石，次者用蚌壳胶粘，或利用自然文彩，或雕刻人物花卉，极精致。另有油漆作，制盒盘匣等诸应用品，盒有三撞两撞诸式，盘有方圆八角四角诸式，匣有长方两三撞诸式。外漆朱色或黑色，镂以细锦，亦称精品。近时，机器工业品大兴，漆器市场已日蹙矣。

摇鼓无闻振货郎，绢绒花已不行香。
侨人若问家山事，手艺凋零又一行。

花以绒制者，谓之绒花，以绢制者，谓之绢花，妇女喜戴之，亦可插瓶。花有双喜、蝴蝶、蝙蝠诸式，巧小玲珑，光泽鲜艳，亦邑中手工业之精品也。除店鬻外，货郎提篾盒摇摇鼓兜售市上，近已绝迹矣。

从来香料重维扬，今戴春林已业荒。
自是闺房移习尚，争夸素面厌红妆。

《画舫录》云：『天下香料莫如扬州，戴春林为上。』今钞关门内埂子街上设有戴春林数家，莫辨真伪，所出宫粉、鹅蛋粉、鸭蛋粉，仍负盛名，惟妇女日尚朴素，涂脂抹粉之风大减，其业亦不振矣。

辕门桥上踏街尘，买卖多归谢馥春。
沽得梳头油几两，村姑犹是结鬏人。

辕门桥街谢馥春香粉店，以梳头油著名，自城市妇女剪发用其油者日少，惟乡村妇女犹结髻，每入城必往谢肆沽油数两携归，其业得以不坠。

乡产人争染料夸，五颜六色夺云霞。
欲修俭德除衣旧，最好坊邻卜住家。

吾乡染色亦特产也，红有桃红、银红、粉红、肉红，绿有油绿、苹果绿，紫有大紫、玫瑰紫，青有鸦青、虾青，白有漂白、月白，黄有杏黄、嫩黄，蓝有湖蓝、翠蓝、睢蓝，其类甚繁。业此者谓之染坊，中有大院，列染缸数十，染就布料旧衣，晾于店堂，如垂帘密布，避阳晖也。尚俭人家，多以旧装就染，可以变为新，故俗谓『近染坊者俭，近酒坊者费』，良有以也。

密织香蒲细织莞，鳞纹玉色漾波寒。
扬城器用多名产，席子人称朴树湾。

朴树湾产席有盛名，世称朴席，或曰维扬朴席。

产品高明价亦廉，佐餐调味味都鲜。
扬州酱业前程远，已把人才树百年。

吾扬酱油、酱菜亦特产也，酱菜有宝塔菜、酱瓜、卤瓜、萝卜头、酱生姜、什锦菜等名目，近有罐头装制，销于外埠。酱油以三伏制者为佳，谓之『三伏抽油』，四美酱园以此驰名里中。近三和继起，出品亦不弱，另有虾子酱油，均外销瓶装，省教育厅特设生活学校于扬，培养酱业制造人才。

京果粉儿敢自珍，土宜好赠远归宾。
招牌须认麒麟阁，制法他家莫比伦。

里中茶食店，以多子街麒麟阁为首，产品京果粉，以炒干糯米粉、猪油、麻油、白糖等料精制而成，调热水即可食，味甘美，邑人视为土宜，凡远客回乡，必馈赠焉。

茶坊佳点千层糕，重蜜轻皮不腻膏。
花样厨师能别出，品题许我作诗豪。

千层糕，富春茶社名点，以薄面皮多层相叠，中夹猪油白糖等料，切成长方形或斜角形，笼蒸使熟，味美而不腻口，他肆效之，皆不及。

豆腐干儿四角方，丝丝刨细作羹汤。
外乡客到逢饕餮，都上茶坊一试尝。

豆腐干以香料制者，谓之五香茶干，以芥菜卤渍者，谓之臭干，内有虾子者，谓之虾子香干，皆可以下酒或佐餐。其味淡而形圆者，须煮食，茶坊取特制者刨细丝，以麻油、酱油调拌，加以生姜丝少许，谓之拌干丝，或和肴肉丝、天竺笋、虾子等料煮为羹，别饶风味，外乡人至扬，必一尝焉。

钞关戴五最当行，饺面人夸七里香。
一技庖厨名气响，亏他虾子作羹汤。

馄饨俗谓单饺，加面条谓之饺面，钞关戴五家饺面肆以此享名。汤用虾子煮，绝鲜美，座客日满。

磨能牵挽袋能驮，长耳功劳不逊骡。
划地鞭声响市道，一群队伍负粮过。

扬地多驴骡，俗呼牲口，性驯而力壮，碾坊、磨坊蓄以任挽负之役，街市恒见驴骡队负粮食等物，

御者时以鞭划地促其行。肉可制脯，味稍逊于牛。

洛下传书系竹筒，送行今得里乌龙。
长亭亭外垂双耳，无限离情不语中。

犬有野犬家犬，野犬流窜人家觅残羹遗骨，谚云：『四爪白，家家熟。』谓此。家蓄者取佳种，供守护。邻蓄一犬，主人每赴外埠，必送至汽车站，既登车，犬于车外伺立，依依有惜别之色，车行，怅然自返。

小院家禽喔喔歌，日寻虫豸晚归窝。
主人识货凭经验，黑万黄千下蛋多。

住户有小院，多蓄鸡，以雌为主，产蛋供食用，鸡种以黑色者为良，谚云：『黄一千黑一万，白鸡能生几个蛋。』

门前春水鸭齐肥，副业收成愿不违。
最喜儿童能管事，天天唤得一群归。

近水人家多蓄鸭，日放池塘中，任其觅食，晚由童唤归。鸭身与产蛋，均运至鸡鸭店销售，亦有养鹅者，居民副业之一种。

斑翎彩爪美观瞻，席上家禽味里尖。
人道千鸠输一鸽，咕咕声却大家嫌。

鸽形似斑鸠，卵肉均可食。谚云：『千鸠不如一鸽。』言其美也。惟鸣声咕咕，为蓄养人家所厌，故谚又云：『鸽子好养，咕咕声难挨。』

形似金丝色蜜黄，巧簧轻啭串珠长。
可怜禁樆深笼锁，莫逐乌衣出画梁。

芙蓉鸟俗称蜜鸟，形类金丝雀，中上人家饲养之，竹笼、水碗、饲料均极考究。

雀笼手托趁晴光，知是青皮上广场。
练出百灵千种啭，有人自会破悭囊。

游民喜蓄百灵、画眉，每日托笼集于空地，使其互习鸣声，盖百灵以能多效众鸟啭音者为贵，鬻之可得善价。青皮，俗对游民而入帮会者之称谓。

八哥能语亦灵禽，低语猫来悦客心。
里巷相传米家铺，主人巧技博多金。

鸲鹆俗名『八哥』，捻其舌，能效人言，食品手艺等小肆多饲养之，悬其笼于肆，客来试唤『八哥子，猫来了』，八哥必应声相和。《画舫录》云：『米景泉往河东岸，于天宁街开糕铺。工诗，好笼养。是时，盐务商总以安绿村为最，一日过其铺，闻笼八哥言曰：「安公买我。」绿村喜，重值购之。』

蟋蟀高材产北郊，土人饲养不辞劳。
围场九月鸣金鼓，争看先驱大将骄。

蟋蟀俗呼缺缺，瞿瞿之音转，象其声也。有形似蟋蟀而身稍壮大者，俗呼油葫芦，头作方形者，俗呼棺材头。蟋蟀善斗，有红头、麻黄、金丝额、纯青齐肚等品种，产于北郊者，体宏而力壮。善蓄养者，于白露前捕得，择尤善饲供，有由此致富者，购者于九十月携入斗场博彩，得胜者归挂红布，以为得标之喜，而视如摇钱树焉。

虎头龙眼锡嘉名，更有珍珠与水晶。
清水一缸供案几，何须濠上乐庄生。

邑中产金鱼，广储门外花院为蓄养之所，列砂缸数十，大者安地如池，小者平置分列，鱼蓄其中，上有树荫之，夏日覆以芦盖，佳种有虎头、水晶眼、龙眼、朝天龙、乌龙、珍珠鳞、丹凤等名目供玩赏，其无名目者，以白粉盆挑售于市，供儿童购买。

淮南水产素称丰，早市鱼篮到处逢。
莫笑人家犹卤渍，晒干好待冻河封。

邑中三江营产鲥鱼，瓜洲深港产魛鱼，邵伯产鱼亦富，业鱼者输于城内，或以担归行，或入市零售。鱼以鲫鱼、白鱼、鳊鱼为上，次则鲤鱼、黑鱼、青鱼、季花鱼、长鱼，鲢鱼为下。居民除购鲜烹食外，亦以青鱼等腌之为咸鱼，风干挂储，为不时之需。

黄鱼担子进城厢，美味人人都要尝。
囊里无钱拼裤典，买来烹煮过端阳。

石首鱼，俗呼黄鱼，居民于端午日必食之。谚云：『脱裤子吃黄鱼。』言其味美也。

腹有膏黄外甲黔，江村随处草泥潜。
登筵佳味君须记，九月团脐十月尖。

产于湖者为湖蟹，小而味厚，产于淮者为淮蟹，大而味淡，故居民尚湖蟹。蟹以九月雌肥，十月雄肥。谚云：『九月团脐十月尖。』

小蟹蟛蜞也甲身，横行沙穴与河滨。
土人腌后饶佳味，竟是贫家箸下珍。

古今注云：『蟛蜞小蟹，生海边泥中。』邑中邵伯等地亦产之。土人以盐渍之，夏日货于市，贫家晚炊刚熟，购以佐餐，味胜酱菜。

客人未到已知先，为有灵禽报屋檐。
未必常言能信验，唐风汉语久流传。

鹊俗呼喜鹊，谓能报喜，谚云：『喜鹊叫，有客到。』按《开元天宝遗事》云：『时人之家，闻鹊声皆为喜兆。』又《西京杂记》云：『乾鹊噪而行人至。』世俗之流传，盖迴远矣。

禽占凶吉本虚无，况复民风逐地殊。
等是老鸦墙角噪，南人瞋目北欢愉。

鸦，俗称老鸦，谚云：『老鸦开口没好事。』故俗以鸦鸣为忌。按《容斋随笔》云：『北人以乌声为喜，鹊声为非，南人闻鹊噪则喜，闻乌声则唾而逐之。』盖地异其俗，而物占固不足凭也。

屋前篱落树梢枝，黄口啁啁得意时。
挟弹王孙今不见，须防贪小竹竿黐。

黄雀，俗呼麻雀，鸣声悦耳，肉可食，居民以面肋黐著长竿梢，就树端黏之，谓之黐麻雀。谚云：『沿街黐麻雀，家里丢了老母鸡。』讽人贪小而失大也。

蒲扇招风正暑天，满城高树尽鸣蝉。
长竿取得青林乐，能博儿童零用钱。

蝉一名知了，俗呼虮蚰，大者色黑，小者色灰，均善鸣。《画舫录》云：『堤上多蝉，长竿黏落。贮以竹筐，沿堤货之，以供儿童嬉戏。谓之青林乐，今城中亦有之。』

夜光宵烛火萤虫，名号虽多义实同。
囊载瓶装童子戏，何妨呼作小烛笼。

萤，古有耀夜、熠耀夜光、宵烛诸异名，产卵水际草根，故相沿谓为腐草所生，邑中多产之，北郊尤盛，俗呼火萤虫，或萤火虫，幼童于夏晚捕得之，纳入纱布囊或玻璃瓶中以为戏。俗传萤入童鼻，能伤脑，不知何据也？

点水舞风连叶西，青亭小字古人题。
群飞低过人家屋，雨候能占一壩泥。

蜻蜓，俗呼青青。《古今注》云：『一名青亭。』小而黄者曰胡梨，赤者曰赤卒，其形大而色绿者，翅如云母，睛若碧玉，与蝴蝶同为美丽昆虫。夏日雨前，黄赤色者，恒成群低飞，故俗以占雨候。古语云：『蜻蜓高，谷子焦，蜻蜓低，一壩泥。』

粉翅香须入画图，翩翩凤子满身乌。
儿童指唤梁山伯，故实传来小说书。

蝴蝶小而色黄者，俗呼『黄蛱蝶』，小而色白者谓『白蛱蝶』，体轻而善飞舞，大而翅有花纹者，形似蝙蝠，古名凤子，一名凤车，俗称花蝴蝶，间有色黑者，俗呼『梁山伯』，妇人禁儿童捕捉。世传梁山伯、祝英台故事，有死后魂化蝴蝶说，此俗所本也。

西风过西静庭柯，得意蝼蛄唱晚歌。
气候却从蚯蚓验，说来有雨并无多。

蚯蚓，俗呼曲蟮。《古今注》云：『善长吟于池中，江东谓之歌女，或谓之鸣砌。』俗以其鸣占雨候。谚云：『曲蟮唱歌，有雨不多。』实则鸣者为蝼蛄，俗误为蚯蚓也。

灶马蟑螂共灶台，昼藏夜出日相偕。
庖厨肴馔传污秽，正是民间疾病媒。

灶马俗呼灶鸡，蟑螂俗呼蟑目虫，同栖居民灶上，日伏夜出，厨中食物，经其齿者皆不洁，亦传病之媒。谚云：『蟑目虫和灶鸡，一条板上人。』此藉二虫为喻，讽人互护其短也。

成材不过岁三周，本地栽培地气投。
处处柔条垂不断，绿杨城郭是扬州。

杨柳，旧称枝扬者为杨，垂者为柳，今俗皆混称之。扬地低湿，插之即活，三四年即可成荫。无培养之劳，有取材之利，桥旁屋外，垂条掩映，又得环境点缀之功，故里中几于无堤不柳，有地皆杨。王士祯词云：『绿杨城郭是扬州。』盖实录也。

烟蒸雨染露华含，桃树三年实下篮。
五月邗沟珠颗熟，尝新要到福缘庵。

桃生三岁，便放花果，故有桃三李四之谚。城内外多桃林，惟城南福缘庵所产硕大如榴，味亦甘美，居民往购，随摘随吃，称斤买归亦可。

近邻红出隔墙枝，怎似家花白雪姿。
绿叶阴成齐结果，里谣宜诵共尝时。

居民小院，多有杏树李树，果熟时摇其枝即落。自食外，可赠邻友，市亦有售。谚云：『桃饱杏伤人，

李子吃死人。』言多食伤胃也。

红妆翠盖弄轻柔，水国风光易近秋。
旧埂野塘栽植利，载将村女采莲舟。

城外野塘旧埂多栽莲，夏日朱华翠叶，可供游人玩赏。秋后收莲子、藕根之利。叶俟风干，城中食品肆收之，供包裹脯肉、酱菜之用。城市居民亦有以缸养者，仅为庭院点缀而已。

人家结构自玲珑，凉户疏簾六月中。
点缀都归随意好，闲阶开满小桃红。

凤仙花，一名小桃红，有单瓣双瓣之分，色亦有红有白，居民种之庭院间，夏日繁英满阶，灿如明锦。幼女喜捣花汁染指。

小园花报放枝枝，恰恰晚餐上桌时。
帐里幽香驱夜暑，锦球巧出女儿思。

晚饭花，高约三四尺，枝分歧甚繁，叶形尖，花作小喇叭状，下端白，上端有紫白黄玛瑙诸色，开于夏日，昼敛晚放，故俗呼晚饭花。居人多种之，妇女采以线穿成球悬之帐前，微有清香。

芦柴杆子搭庭除，扁豆高藤自在舒。
夏得阴遮秋得荚，人家都种两三株。

人家于庭除隙地，搭芦柴为架，任扁豆藤攀上，夏得阴遮日，秋得荚佐餐，一举两得。小户人家，无不种之。

土泥不爱种闲花，财用能生百姓家。
葵子番瓜收小院，城中也自有桑麻。

住户于小院中多植葵花、番瓜。番瓜即南瓜，与葵花均于秋日结子实，可供食用。

满街唤卖雪瓤瓜，好事相逢口福夸。
都道今年沽价贱，不知梅望在贫家。

本产河东瓜，绿皮红瓤黑子，味不佳。淮瓜一称三白，皮白瓤白子白，剖开如堆雪，肉脆汁多，食之凉生心脾，价较河东瓜为昂，富者固贱之，争购食焉。

角尖伤手漫轻嫌，上口才知肉味甜。
邵伯菱闻街上卖，人家买后又来添。

菱产于四郊塘沼中，四角而色红者，谓之红菱，两角而形较大者谓之风菱，其洲上产者，谓之洲菱，壳厚，肉有黏性。邵伯产者，谓之邵伯菱，壳薄，肉粉，邑中尚之。市上担挑熟菱兜售者，必呼唤邵伯菱为号召。

花开丹桂叶凋荷，白果初闻下炒锅。
粒粒买来滋味美，朵颐快处莫贪多。

寺庙中多银杏树，其实俗呼白果。秋初，有以炒白果为业者，结铁丝为网，置果其上，就小火炉熏之，壳裂为度，谓之开花。味香而黏，炒者入市时，预于空锅中置石子，以铁铲击动之，作声自然成调，用以招致顾客。扬俗：『幼童忌食之。』谓食之必得抽筋疾，实则多食能中毒，非独幼童然也。

鸡爪茎生槭树中，丹红色泽似山枫。
一文一把虽云贱，购食端宜禁儿童。

鸡爪槭树，一名鸡爪枫，其茎色赤，形若鸡足，俗呼鸡爪爪，肉有甜汁，可食，贫家采售。谚云：『鸡爪爪，一文一大把。』言其贱也，然采者未洗涤，儿童宜禁食之。

市上悬壶待病痊，青囊业叹绝华佗。
时医却出时人眼，只看门中挂匾多。

中医少人请教者，谓之霉医，享名者谓之时医。时医上午门诊，下午出诊，出诊旧坐轿，近改包车，病家须给御资。有险病得救者，雇吹打送匾医家，谓之上匾，故名医门中多挂匾，皆『妙手回春』诸颂语，时人亦以此重之。

臂肱三折识医良，熟读空知肘后方。
漫说北门有斗胆，任家阅历在临床。

北门中医任氏，能下剂难症，时以任大胆称之，子世其业，人亦呼大胆。谚云：『熟读王叔和，不如临症多。』故医重临床经验，任氏阅历多，非胆大也。

南门城下矗洋楼，医院人夸色色优。
真相难逃明亮眼，原为宣教作鱼钩。

西医有南门浸会医院，美国教会设立，红楼高矗，绿阴四围，环境清幽，设备完善，医生分外籍、国籍，经验亦足，诊费低廉，赤贫可免，故就诊者众。里中视为外人在扬设立之慈善事业，实则彼邦宣教之所，借医业为饵也。

田野宏基柳巷间，谁云创业事艰难。
短长敢与西人较，赢得乡中刮目看。

南柳巷田野医院，邑人田氏创设，规模粗具，一时尚难与浸会医院争衡，惟不奉外教而信西医之病家多归之，前程固未可量也。

塾师头脑半冬烘，戒尺声中日训蒙。
惟有真君深巷里，讲台高坐一文宗。

私塾，俗称书房，儿童六岁入塾，谓之开蒙。塾分经馆、蒙馆，秀才执教谓之经馆，无科名者谓之蒙馆。读本初用《百家姓》《千字文》，稍进为《幼学》《四书》，不过背诵而已。歙人洪汝怡，字寄篴，精音训之学，著有寄篴诗存、文集、札记等，授徒城中真君巷，非好学少年不纳，仅三五高足，鼓瑟问字以为乐。

国民小学是初基，效法强邦设置宜。
教育维新材器琢，亚狮醒后更谁欺。

学校初设，效德日学制，初级小学四年，高等小学三年，中学四年，师范五年，初小分区设立，以便幼童入学，高小仅两校，新旧城各占其一。其私立同于高小程度者，有安徽旅扬、丹徒旅扬两公学，江苏省立第五师范附属小学，则高初小兼备。

平等呼声日日高，要从学识并英髦。
眼前女校晨星少，他岁成林在幼苗。

女校始于郭坚忍创设之女子公学，嗣后有县立第一女子高等小学、私立育英女学。

旧时书院废邗江，新校弦歌尽换腔。
终是清贫甘刻苦，梅花深处读寒窗。

邑中中学，省立者为第八中学、第五师范、商业学校，教会立者为美汉中学，后有私立梅英公学、扬州中学。师范初设梅花书院旧址，后迁大汪边新校舍，就学多贫寒子弟，尝为他校纨绔子弟所讥嘲，以言刻苦勤学，则师校尚矣。

风气先从师范开，蕙兰桃李不分栽。
礼防一旦如摧朽，都是任公首倡来。

初等小学男女兼收，高等小学中学皆分校，自改用美国学制后，小学六年，中学六年，均行男女同校，第五师范初设初中男女同班制时，校长任公孟闲，自送亲女入学，以为首倡，虽女生入学者仍无几，然中学男女同校之始基已奠定于此矣。

家家收拾过新年，锣鼓殷繁爆竹喧。
却有学堂除旧俗，书声未辍大汪边。

第五师范校长任公孟闲，办学笃实，倡朴素学风，摒除旧习，寒假过阴历新年，在期内不放假，学生亦无请假者。

弱国休言无外交，人心未死胜枪刀。
游行队伍长城似，何惧强权英日操。

『五卅惨案』发生后，由各中学学生会领导，组织全境中学生贴标语，散传单，声讨沪上租界

英日当局惨杀我同胞之罪行，除日间举行示威游行外，晚间又有提灯游行，嗣后商店亦罢市，声势益壮，辕门桥街等闹市要冲，均张贴大幅宣传画，揭露事实真相，观者莫不发指。

蕞尔东瀛敢我欺，绝交经济志无移。
广场日货如山积，万众欢呼一炬时。

抵制日货运动，亦由学生首倡，市民翕然应之，所抄日货，悉屯于公共体育场上，高如小埠，浇以火油，一炬成灰，在场群众无不称快。

文弱争能卫国疆，人人有责练身强。
如何体育场中侣，结束都为学子装。

自学校提倡体育，县教育局亦于城中嵇家湾设立公共体育场，供群众锻炼体格，惟场上仅有少数学生踪迹，可征体育尚待普及。

春游陌上满娃娃，领队先生似阿爹。
垂柳阴中留训教，莫将花木折公家。

公德教育，初著成效，共公园地，儿童攀折花木者日少。

缥缃今又散吴家，大力书商载满车。
若得琅嬛官职守，人人都可作张华。

真州吴氏『有福读书斋』藏书甚富，子孙不守，沪上书贾将捆载以去，邑人争之，盖县立图书馆储籍甚少，若公家出资收购，楚弓楚得，可扩充图书馆设备，供好学者研读，后书贾得大力者支持，卒得书。

廛闬消遣但茶轩，无处清凉远俗喧。
何不点装城北景，傍花随柳作公园。

邑中公园，有名无实，戏馆、茶社而已。北郊为风景区，可辟作公园。

旁行文字重英邦，学馆频开正不妨。
自有束修门上送，都缘饭碗羡金黄。

邑人就业铁路、邮政、电报诸机构者，薪金高，职位稳，人皆羡之，谓为金饭碗，惟欲入其门，必娴习英语，包白眉氏首设英文补习社，学费分一元、两元、三元三等，就学者颇众，由是效法包氏者日多。

民智今朝赖启开，春江报纸日输来。
申新能得当天看，过价银圆月一枚。

沪上报纸输入扬地者，为《申报》《新闻报》两种，自镇扬长途汽车公司设立，当天可看到，订阅每月三元，俗谓存报。另有过报办法，当天看者，俗谓头报，费一元。次日看者，俗谓二报，

费八角。二报以下，由送报人随意定价。

善本搜求日渐难，旧刊欲废尚新刊。
有人冷僻摊头访，手不空空出宝山。

古书店专售木板书，新书店售教科书与课业用品，间及新刊杂志。旧书摊则新旧杂陈，又有小书摊售民间小曲唱本，有书癖者，善走访旧书摊，往往有奇获。

慈悲方外得人和，座座丛林客似梭。
赚得无儿来孝子，尘缘真比佛缘多。

邑有八大丛林，旧谓建隆、天宁、重宁、慧因、法净、高旻、静慧、福缘，其他小庙僻庵无数，大刹有田产，小寺多赖布施与作佛事为生。主僧与士绅来往，非主僧与居民信佛者接近。居民常以子拜僧为父，故俗有『和尚无儿孝子多』之谚。

袈裟披上女儿身，晚课灯前早课晨。
寂寞禅堂谁作伴，木鱼经卷送青春。

尼姑居处皆称庵，其由庵主自建者曰家庵，居人尊老尼称老师傅，少尼曰小师傅，不作佛事，但为人诵经而已。

手捻佛珠笑展牙，穿房入户走人家。
一言道破真消息，嘴上阿弥腹毒蛇。

妇人信佛者，谓之吃斋把素，此中多佛婆，出入住户，为罪恶之媒，俗语有云：『满口阿弥陀佛，满肚男盗女娼。』谓此辈。

荤腥无禁有妻孥，道士规矩异佛徒。
生计但从迷信取，设坛打醮画神符。

道士居观，奉教主老子为太上真君，不出家，娶妻生子，不禁荤腥，异于佛教。俗于中元节例延道士设坛打醮，谓可超度饿鬼，人家亦延之画符祈祷，谓可镇宅避邪，皆迷信也。

唯一真神穆罕尊，清规最忌是豝豚。
街前牛肉经营铺，老板都标老教门。

回教奉穆罕默德为教主，尚洁，忌猪肉。教堂称礼拜寺，寺中有棺，教徒用以葬，葬时，抽去其底，尸沉土中而掩盖，棺仍归寺，故俗有『回子的棺材没底』之谚，回子者俗呼其教徒之称，一称教门，里中牛肉店，皆教门所设，铺前必标『清真教门』四字，腥荤忌入肆。

嫁娶不通教外婚，尊崇圣母作真神。
丰衣足食勤祈祷，落得人称吃教人。

奉行天主教者，家中悬圣母像，晨昏必行祈祷，口中喃喃呼圣母玛利亚不止。星期赴缺口教堂

做礼拜，由神父主持，教规严禁与教外人通婚嫁，扬俗称其教徒为吃教，盖教徒皆薄有产业，依教为生也。

缥缈天堂路不遐，耶稣救我乘仙槎。
醉翁意或非关酒，要把洋文学到家。

奉行耶稣教者，尊崇耶稣称为救主，谓能度上天堂也。教徒对人宣传，必以此为要旨，斥佛教超升西方乐国之说为迷信。新教堂在城中贤良街东端，星期日礼拜于此，在扬宣教者，有圣公会与浸礼会之别，盖耶稣教之不同支派也。

刀笔摇身变律师，依然包揽打官司。
有钱宁往衙门送，里巷传言愤可知。

包揽讼事之恶霸，民国后悬牌为大律师，仍为民害。俗云：『宁塞衙门，不塞狗洞。』言涉讼

时以钱奉承此辈，不若送与有司，盖愤激语也。

街头闲立待交班，言笑何妨店伙攀。
一棍随身当警察，原来多半为饥寒。

警察局初设，各城门均立分局，交通要道设岗，维持秩序。值岗警察，徘徊市畔，时与店伙攀谈，盖此辈迫于饥寒，勉任是职，每天敷衍了事而已。谚云：『没得法，当警察。』

惜粪如金不厌多，农民挑取苦奔波。
利权却被豪家掌，名目标称马桶窝。

住家出粪权，由马窝子主执掌。马窝子，马桶窝之俗称。全城分若干地段，一地段之出粪权归某执掌者，即谓之马窝子。农民欲从城市取粪，必与窝主订约纳费，窝主世代相传，坐享出粪之权利。

俗言私急急于公，自有茅厕巷陌中。
最恨夏天除不去，满坑都是害人虫。

厕所俗称茅厕，茅或作毛，分布巷陌间，坑多露天，间用木板凿圆孔为坑座，上设棚，厕有主，谓之粪窝子。夏日多产蝇。谚云：『一人到此，惊动众位。』谓此。

男衫女服称腰身，端赖剪裁妙入神。
一弊成衣业未改，零头料子不还人。

成衣铺，俗称裁缝店，店中设长案板，上铺薄毡，置刀尺等具，缝工环坐操作。自缝纫机创行，规模较大店铺，亦置机一架，取其迅捷也。缝工为顾客量衣，往往宽料狭裁，而私取其余，故成衣铺出零料，俗谓『天下无不赚料之缝工』，盖不独扬地然也。

一针缝去一针抽，鞋子双双上未休。
见识何妨皮匠小，三人抵个武乡侯。

皮匠本钱大者自设铺，招学徒，小者挑担，以鞋面、鞋底送皮匠连缀，谓之上鞋子，见针迹谓之明上，泯针迹谓之暗上，亦谓之翻上。谚云：『三个小皮匠，抵个诸葛亮。』与皮匠亲者，恒以此调笑呼为小诸葛。

破锅破碗固无妨，打上钉疤又好装。
世俗漫讥自顾自，终朝我正为人忙。

以修补漏镬缺碗为业者，俗呼补锅。补锅用风箱鼓炉火，烧锅漏处使红，以铁疤补之。补碗用钻针穿孔，封以铜疤，当其穿孔时，拉弓弦旋转钻针，作『吱咕吱』之声。故俗有『补锅的自顾自』之谚。自顾自，『吱咕吱』之谐音，讽人自私也。

薄技能将破伞修，为人未雨预绸缪。
出门先看天颜色，最喜天阴妇逐鸠。

修伞者，肩负木箱，安置修补工具与零件，口呼『修阳伞雨伞』。阳伞，黑布铁骨伞之俗称。雨伞，油纸竹骨伞之俗称。凡破损之伞，经其修整，仍为完物。

挑担敲锣会卖糖，世间各业各行当。
勤君造屋无相顾，箍桶能圆不善方。

木匠以制造盆桶为业者，其铺曰盆桶店，挑担专事修补者，俗呼箍桶。凡盆桶皆圆形，故其技能圆而不能方，世谓『造屋请了箍桶匠，造出房子团圞样，即里语所谓『敲锣买糖，各有一行』也。

粉面分将五色调，捏成人物一肩挑。
街头挤挤童争买，红脸关公黑脸包。

以粉面调红、黑、黄、绿诸色，捏成人物，黏篾棒上端，下端供人手持，谓之捏巧。样品插担前竹架孔上，挑货市间，所捏戏剧中角色，以关羽、包拯为最肖，童争购之。

卖饧担子市边横，捏捏吹吹玩艺成。
百贯精神一文卖，世间最苦小营生。

熬汤使干，染红黄绿三色，捏成猴狗等形，或口吹作桃等果形，而空其中，均以篾棒顶之，谓之吹糖人，卖者以颡叫为号，古饧箫之遗也。余幼时，一文即买一件，卖者所化吹捏功夫，实数倍售值。《老学庵笔记》引宋谚云：『千钱精神头钱卖，头钱，一钱也。』今古小本营生之苦，可同一慨。

流光荏苒又春回，融日门庭淑气开。
午巷平添数声柝，儿童知卖酒酿来。

烧酒未蒸者，谓之酒酿，食之甘美，春初即有挑酒酿担者入市鸣柝，以徕儿童。

担挑食品换生涯，豆腐浓浆结雪花。
味别咸甜君自择，沿街卖到夕阳斜。

以豆腐汁凝为厚液而呈斑纹状者，谓之豆腐脑，夏日午后挑售于市，咸味调麻油、酱油、虾米皮、五香干屑，甜味调麻油白糖。

买卖求精自有人，甜糖稀粥味非珍。
调和藕豆多滋养，消食还推薏苡仁。

糖粥担以红糖煮粥，加熟藕片者，谓之藕粥，加豌豆调煮者，谓之豌豆粥，均滋养，以白糖煮粥而调以薏苡仁、红枣者，谓薏仁米粥，有消食之功，售者随季节为之，儿童食之有益。

唐诗一首颂衰翁，聊胜吹箫吴市中。
钱讨湖船虽有术，只愁风雨阻游踪。

夏日城北湖上，有老人立柳堤，一游船将过，预以梢端系有布袋之长竹竿，伸向船舷，吟唐诗一首，游客即投铜板一枚于袋中。

三尺长蛇臂上缠，沿街乞讨已多年。
一声口唤苍龙到，早有青蚨掷向前。

丐蓄长蛇，去其齿，蟠缠背上，入市求讨，口呼『龙来龙来，四季发财。』肆人畏蛇，无不与者，此丐至老犹然，盖利其术之易得钱也。

叫花有术会讹人，名目开膛骇听闻。
百八十文能了事，原来猪血混人身。

恶丐以易碎之物，储猪血少许匿于手中，讨钱不与，取砖或握掌自击其顶，易碎之物裂，血流被面，谓之『开膛』。丐门有例：开膛一百八。谓出一百八十文可了事。

医理分明是目盲，全凭阅历作收生。
呱呱啼了儿临地，但听平安两字声。

稳婆俗呼接生，其居处，标曰『收生堂』。孕妇之家，于分娩前赴其家预约，至期接至，产婴得男，恒向主人道贺。既产三日，复来为儿澡沐，谓之洗三，主人酬以金而事毕。此辈不谙医理，遇难产症必束手。谚云：『儿奔生，娘奔死。』极言生产之险也。

绣罢锦袍又彩幨，油灯明处一针拈。
敢将十指夸灵巧，且博工钱贴米盐。

绣货店，以绣货原料发给由熟人推荐之贫家妇女，谓之『放女工』。女工在家张绷，用金线、绒线刺绣，成货送交，即领工资，盖短期工也。绣品有神袍、僧帽、门帘、桌帏等件，俗称南绣，绣工盛于沪苏之顾绣，扬地承其绪，故曰南绣。

勤劳十指自谋生，拣出尖牙去短茎。
浑号轻呼茶叶棒，笑人头脑不开明。

景吉泰茶叶店招女工来肆拣茶叶，全日操作，不供午膳，故女工每日必携储干粮之竹篮上工，俗呼茶叶棒。茶叶棒者，拣茶叶时剔下之短茎，可作廉价饮料。扬人犹重旧礼教，轻视妇女入肆为工，故以此呼之。

不抽丝绪不投梭，打袜新机便利多。
未厌辛劳争快手，窗灯常伴影婆娑。

华昌袜厂放女工在家织袜，每人给袜机一架，征租费一元，工资以袜双计，月织六百双，约得十余元。女工图多打多得。夜深户外恒传轧轧声。

一纸文凭女秀才，何愁不栉美材埋。
童蒙无量甄陶待，且执教鞭上讲台。

出身中学师范之妇女，多为小学教师。

剪花样妇有专长，挖尽心思为口忙。
但祝家家好事近，买来枕上绣鸳鸯。

贫妇心灵手巧者，以各式绣花样本、剪刀、纸等包布帕中，沿街呼唤剪花样。绣枕有鸳鸯戏水、榴开见子、麒麟送子、松鹤遐龄诸式；绣鞋有同偕到老、五福及诸花式，亦能自出心裁，随人点题，另剪花样，咄嗟立办。

大线粗针作女红，为人修补唤缝穷。
需求最是单身汉，世上何尝有废工。

贫妇携缝具零料小凳，沿街行走，店肆单身职工，呼之缝旧衣袜，俗称缝裁。业虽微末，实不可废。

北郭清溪曲曲流，渔家娘子荡轻舟。
去来一叶风波稳，只载欢娱不载愁。

城北瘦西湖沿岸渔家，夏日以瓜皮小艇载客游湖，间由妇女撑篙，农家亦有效之者，原为渔农副业，借舒家计，乃浮薄少年，视为艳薮，村人逐利，竞出少艾，此亦风会偷薄使然，辛补芸有《小游船诗》百首行世，备言此中曲隐。

歉年农隙有乡风，走进城来作女佣。
落得东家双手搁，呼茶唤水口难穷。

农村妇女，以岁歉或农隙入城为女佣，由媒行为介，工资月一元，中大户多雇之，老妇呼高妈，少妇呼小高，少女呼小莲，打扫、洗涤、零购、炊爨，一切杂役均归之。

怀抱琵琶茗座边，逢人一曲拨哀弦。
飘零身世体劳问，人老珠黄不值钱。

一老妇面有烟容，抱琵琶于城北茶社中，遇茶客就座，上前拨弦歌弹一曲。或询以身世，恒答『人老珠黄不值钱』一语，殆迟暮娼妓以此讨乞为生者也。

花灯节下闹新春，巷尾街头演戏文。
脚色齐称今岁好，人人看杀俏昭君。

扬州花鼓，始于清初，由男子饰昭君、渔婆之类，出演于灯节中，今不限于灯节，商家大户有喜庆或祈神会，亦有演出。除旧戏文昭君、渔婆外，有荡湖船，打花鼓等，女角称包头，一称油头，男角多扮小丑，先串唱后对舞，唱有补缸、探亲、十二月花名诸调，舞有撞肩跌怀等目，演员皆瓦木匠与店伙任之，每一出演有万人空巷之观。

香火根源出道巫，大锣大鼓唱神书。
何嫌桌子舞台搭，快睹争先万室虚。

香火会源出乡间青苗、盂兰等会，乡民谢神还愿，常邀巫师或道士做会，所唱皆神书，有刘全进瓜、秦始皇赶山塞海等目，唱时用大锣大鼓伴奏，曲调极简单，今所谓大开口也。市民亦多擅此，故遇节日盛会，常有业余演出，服装皆借自住户，舞台亦用大桌拼凑，然观众杂沓，争先快睹，多有远道来者，盛状不减花鼓。

古调苏昆已不弹，广陵清曲占歌坛。
春风十里闻弦索，自是知音在市阛。

吾扬清唱，昔重昆腔，自昆腔衰落，小唱夺其位而代之。小唱一称小曲，亦称小调，统称广陵清曲，旧以琵琶、弦子、月琴、檀板合动而歌，今仅用四胡一器，即可伴唱，曲调甚夥，最著者有银纽丝、剪剪花、满江红、梳妆台、补缸、探亲、鲜花调、八段景，九连环、倒花篮、小上坟、四季相思等，

合诸调为套，中插道白，如王瞎子算命、小尼姑下山、活捉张三郎等，已成小戏，有专业，有玩票，专业有社，接唱堂会，或假茶馆清唱，亦有于教场搭棚，设长凳数十座，唱完一套，向客收钱，或沿街兜售，谓之卖唱。妓女佐筵，多唱小曲，授曲者谓之乌师，并为妓操弦，工匠解劳或休工后，亦喜互相酬唱，盖小曲出民间，宜人人爱唱爱听也。

新兴剧曲出维扬，地域戏中一帜张。
要识歌声传播远，沪宁海报满街墙。

里中擅花鼓者，组班赴沪作营业演出，顾曲者日满，感花鼓小戏不足，杂采小说弹词诸书，编成珍珠塔、梁祝、刍二度梅、秦雪梅、孟丽君、分裾记诸剧本，谓之部头本戏，又置行头，增乐器，并效京戏化装，命曰维扬文戏，时香火戏亦在沪演出，称维扬大班，旋合组仍名维扬文戏。自是扬州地方戏正式诞生，由沪而镇而宁，大江以南，多有其踪迹矣。

秦腔京调外江班，本地风光土乱弹。
春社祈神秋社报，乡人都作草台看。

清时，城中京戏土班，谓之本地乱弹，城外土班在乡演出者，谓之草台戏，外来昆腔称雅部，京腔、秦腔、弋阳腔、梆子腔等称花部，花部又有内江班、外江班之别。今土班不存，外聘京腔、秦腔班，统称外江班，其行之四乡祈祷者，亦称草台戏。

逢场作戏趁良辰，禽兽衣冠博彩缗。
若问弄猴谁技好，从来都是凤阳人。

《画舫录》云：『凤阳人蓄猴，令其自为冠带演剧，谓之猴戏。』今俗称猴把戏，演者于广场先鸣锣，俟观众成围时开场，以猴为主，间佐以犬，如骑犬一目即是，其他有攀竿、钻圈等目，讨采时，令犬跪地，新年人多余资，往往掷采如雨落。

小小歌台靠粉墙，木头人子作俳倡。
丑猪八戒成娇客，常使观群笑断肠。

木偶戏，俗称木头人戏，或扁担人戏。演者围蓝布作房，一面支墙，支以一木，布房上端装置小舞台，演时只一人，手鸣锣运傀儡，口吹颡叫，有曲有白，曲尽其技，业此者均北人，俗称唱腔为侉侉调。戏文常为酒鬼癞子、猪八戒招亲，滑稽突兀，观者莫不捧腹。

西洋镜上孔儿圆，气象窥来有万千。
诡诈世情凭领略，拆穿不值半文钱。

教场中有设方圆木匣者，中置外国、沪上等地风景画片，外开圆孔，蒙以放大镜，窥之，画片可扩大，谓之『西洋镜』，亦称『西洋景』。

敬亭评话有传人，舌底波澜眼上神。
辛苦先生携警木，大江南北走风尘。

吾乡说书，源于宋代评话，而以明末柳敬亭、孔云霄诸家为范本。说书称说书先生，专重说白，遇关节以警木拍案。取材于三国、水浒等演义小说，间及野史，运用方言土语，描摹古人神态，世俗人情，惟妙惟肖，盛行于苏北及江南镇江、南京等地。

殷红帖见教场隅，消息传来偏里闾。
颠倒扬州人几许，少堂水浒近开书。

王少堂擅说水浒，尤擅说武松十回，打虎一段，绘影绘声，时称一绝。

三国人言是大书，康家父子擅陈敷。
声容付与老成赏，座上嘉宾半拂须。

三国演义，俗称大书，谓其演说历史故事也，康国华、少华父子擅说之，座上多中年以上人。

无赖群中有妙才，自编故事上书台。
人情世态描摹尽，曾是亲身阅历来。

评话中有讲《清风闸》者，演皮五癞子故事。《画舫录》云：『浦琳右手短而捩，称㧐子。少孤，乞食城中，邻妇为之媒妁，香奁甚盛，遂为街市洒扫。逾年，大东门钓桥南一茶炉老妇，授以呼卢术㧐，子挟之以往，百无一失，由是积金赁屋，与妇为邻。妇有侄以评话为生，每日皆演习于妇家，㧐子耳濡已久，以评话不难学，而各说部皆人熟闻，乃以所历之境，假名皮五，撰为《清风闸》故事，揣摩一时亡命小家妇女口吻，遂成绝技。』今所说犹是旧本，故无赖诈财之徒以皮五癞子呼之。

邗上弹词自辟途，唱腔曲调异姑苏。
清弦搊处圆珠走，出个状元张丽夫。

扬州弹词，亦称弦词，与苏州、四明等邑弹词各具地方风格，以琵琶、三弦伴唱，间缀以白，流行于苏北一带，张丽夫以擅说《珍珠塔》《白蛇传》诸书享盛名。

庙前声又鼓镗扬，盲妇淮书正上场。
一马高楼能直闯，听来故事说隋唐。

有盲妇于湾子街东岳庙前或教场空地，设木凳，搭布棚，说唱淮书，语尾恒曼其声，伴以镗锣小鼓，擅隋唐故事，听者不尽淮人，恒以淮调仿其语曰：『一马闯到高楼上。』

杨柳初青未放桃，春风吹出纸糊鹞。
一年乐事无多日，过了清明用火烧。

风筝粗制而形巨者，有面筋泡、板门、八角、百脚等式，细制而形小者，有美人、蝴蝶、金鱼等式。粗制者除面筋泡外，均可缚弓，弓有蒲弓、藤弓，风吹弦作乐，故世称风筝。入晚或系红灯，线上

灿如天星，形巨者必以麻绳放，尾力甚大，须两人力持，俗谚云：『杨柳青，放风筝。』到清明日，放毕即断线，任其飘去，或付之火，谓之吃风筝肉。

秋阶童子自成群，蟋蟀登场势不均。
淡月半墙荒院里，两三灯火觅将军。

交秋后，儿童群聚斗蟋蟀，俗谓『蟋蟀佳种不日鸣』，故儿童恒以晚上篝灯于荒院瓦砾丛中捕之。

鸡毛毽子制儿童，踢出稀奇百样功。
欲识强身练武意，汉人蹴鞠此遗风。

冬日儿童踢毽，有单拐托、倒掼环、偷跳诸名目，恒聚而竞其技，能取暖，实汉时蹴鞠之遗风也。

蠹不生枢水永流，格言意义要深求。
白光轮里周身动，儿戏当推跳索优。

冬日儿戏，亦行跳索，为全身运动之游艺。《帝京景物略》云：『元夕，二童子引索，略地如白光轮，一童子跳光中，曰跳白索。』今亦行一人独跳法，自引索自跳，博时以跳数多者为胜。

图戏逍遥赌手批，大家目注押钱移。
进阶降级凭骰点，此是升官古博遗。

新年儿童掷逍遥，逍遥者，略似古之升官图，于方形纸上印圆线作螺旋状，沿线印鱼、花、鸡、虎及八仙等图形，皆重，分列内外线上。戏时掷双骰，由零点至十二点止，掷出某数，即按规以铜板一枚押某人或某物上，以人与物皆重，视再掷骰点数可由原押外线者，跳入内线，反之，亦可由内线跳至外线，如是升降进退，以先至图上终点者为胜，两人以上皆可戏，不赌钱，代以打手批或炒蚕豆等物。

儿童一队立征旗，才御敌东又御西。
若要龙头磐石固，阵前须看众心齐。

儿戏中有名抢龙头者，以一人为攻，若干人排成龙形之长队为守，敌进攻，队首张臂掩护，余众则依次紧牵前者衣之下幅，一致御敌，若有一人被袭及即输，此戏寓有合力御侮之意，儿童歌云：『抢龙头，抢龙尾，十八个小鬼掉下水。』

小小英雄意气扬，东南西北划封疆。
雷池逾越非容易，捷足才能抢四方。

四童分立东西南北四隅，一童立其中，窥伺四隅中有二童互移地位时，即奔往占领空位，占得，以失位之一童替之，谓之抢四方，寓有训练动作敏捷之意。

洗衣煮饭各分操，办起家家兴致豪。
漫道桩桩都是假，幼年初步习勤劳。

诸童聚于一处，各出玩具食物，仿行大人洗涤、炊爨、聚宴、抚婴孩诸动作，谓之办家家，寓有学习家务之意。

布帕牢牢眼上蒙，已难方位辨西东。
迷藏隐约知何处，捉手全凭两耳聪。

捉迷藏，俗谓躲藏迷迷，有训练听力之意。

黑白分明列阵容，两方五子各争功。
幼童说与应难解，此戏唐时叫蹙戎。

五子棋，即古之蹙戎，《酉阳杂俎》云：『少戏中于耍局一枰，各布五子，角迟速，名蹙戎，法以黑白棋子各五，对垒于棋局上，一步一移，遇敌则跳越，以先抵敌境为胜，儿童不善象棋围棋，多以五子为戏，取其简便也。』

依依两小本无猜，玩具新添笑口开。
积木先观图上样，学工巧搭小楼台。

儿童新式玩具，最喜积木，以其按图搭屋，或亭或桥或楼或塔，变化多端，亦能自出巧思，另搭图外新样。

河流井水用分途，桶汲担挑日日输。
欲使砂缸储料洁，明矾粒块不离厨。

食料用城外运河水，担挑输送，井水供烹饪，桶汲或担运，居民均以砂缸储，投明矾少许，水

中杂质可沉淀，夏日能绝孑孓，减少蚊害，取自屋檐雨水者，谓之天落水，亦可煮茶洗衣。

为买江柴出钞关，大锅大灶煮三餐。
近来厨下人谈说，说到煤炉有笑颜。

居户皆大灶，燃料用芦柴，产于江边者杆粗，谓之江柴，产于沟边者杆细，谓之沟柴。钞关外，多柴行，亦有担挑货于市者。近时以煤屑拌泥少许，团之成块，虽仅作烹水之用，然居民已感其便。

鹅绿竹绿美名标，敢以乡人薄土烧。
只恨开生芳酿少，囊钱懒向酒家抛。

城外糟坊村家均产酒，皆米烧、麦烧、绿豆烧之类，其自外地来者，有山西汾酒、通州雪酒、高邮木瓜酒、绍兴黄酒。居民多尚土烧，取其味冽而价廉也。《画舫录》云：『新酿为时酒，一日生酒，各肆择日贴帖曰「开生」，人多买之，曰「尝生」，至二月惊蛰后，谓之「剪生」。』今乡产日减，

此风亦寝息矣。

强盗大英满市廛，旱烟日少尚香烟。
后来国货能居上，实业稍稍挽利权。

邑人旧吸旱烟水烟，英美烟草公司香烟输入扬地后，多改吸之，以强盗、大英两牌最风行，强盗牌即老刀牌，大英牌即皇后牌，皆十支装，软壳，烟支较细，后南洋烟草公司、华成烟草公司国产香烟上市，外国货已少人问津矣。

蚊烟新品仿东倭，气味温和效验多。
除害今添无敌药，贫家终苦疟魔磨。

沪上家庭工业社近出无敌牌蚊烟，药料制法，仿自日本，较土制以纸裹木屑、长鱼骨等料制造者为佳，烟轻效大，惜价稍昂，尚难普用。

蚊蚋猖狂不易歼，锡灯器似剑铓铦。
帐中一网擒群小，枕上黄粱夜夜甜。

锡制蚊灯，形似马灯，一面开圆口，以粗线为捻，浸灯底豆油盒中，燃时光聚焰强，具有吸力柄可持，近蚊熏之，无幸免者，为帐中驱蚊之利器。

铁马旋回罩上驰，名称早见范公诗。
花灯市上人如海，谁不夸他最出奇。

走马灯，古称马骑灯，见范成大《上元节物诗》自注。制法：用纸片剪成人马十二生肖等型模，环围于一纸盘四围，系以垂直细丝装置于圆形或长方形之纸罩内，中心置烛，燃时烛焰上熏，轮即自行旋转，纸剪模型，亦随之转动，罩上映出其影，往还不止。此纸灯中最见巧思者。

新春侉画一般同，祈福驱邪祝岁丰。
月份牌行更面貌，但调脂粉绘惊鸿。

年画俗称侉画。有门神、五谷丰登、五子登科、一团和气等祝福祈年图，而以取材于小说之故事为多，如三国、水浒、梁祝、珍珠塔、白蛇传之类。近时渐行月份牌，多绘古装时装仕女，已成商业广告之具，旧时版画风格尽失矣。

市桥人弄玉参差，正是黄昏月上时。
旧调魂销景八段，吹来段段是相思。

旧城多市桥，下临清溪，近荫嘉树，为市廛中平添不少野趣，夏日黄昏，恒有少年度笛吹箫于此，其声清扬悠远，因风四播，散入千家院落，此际度曲者，皆成古代所谓玉人矣，八段景为箫笛常奏曲调之一，所言皆男女相悦之词。

人人都把晚凉贪，列坐街西与巷南。
一曲新声弦索伴，百钱点唱捉张三。

贫户屋隘，夏日就室外纳凉，列坐街隅巷口，时有持四胡卖小唱者过，纳凉诸人拼凑百钱，可点唱活捉张三郎，素月生凉，清歌嘹亮，市井之乐，无有逾于此者。

庭前竹椅各安排，初月新辉照满怀。
此是天伦行乐处，一家同把俗谜猜。

猜谜语，俗谓猜谜谜，家庭中喜于夏晚乘凉时为之。

风染寻常百姓家，爱将晚饭泡开茶。
莫云下箸无佳味，虾子香干酱菜瓜。

夏日以开水冲泡晚饭，谓之茶泡饭，盛行于普通住户；佐餐皆用香干、酱菜。

暑假朱炎火盖张，瘦西湖上好招凉。
茶寮谈笑游船荡，能遣师生夏日长。

学校暑假期间，教员学生恒以游湖为消遣。

观音诞日要迎神，香市缠绵一月辰。
此际金吾全不禁，出城多是夜游人。

俗以六月十九日为观音诞辰，香市自一日始至月终止，十八日香客多于夜间赴观音山朝拜，北门例不夜闭，近岁游人浮于香客，有心人可窥俗移之渐矣。

各业年年赛会勤，仗仪抬阁斗奇新。
近年财绌难为役，都道都天不出巡。

都天会为诸神赛会中最盛者，于五月二十七都天诞日行之，由各业分班主办，一业办一班，全城计有二十余班。每一班出，以仗仪抬阁争胜斗奇，如古董业有玉器抬阁，花业有花亭花伞之类。入晚复有灯会，锦灯彩烛，绵延数里，中杂踩高跷、站高肩诸戏，分饰戏剧角色，笙箫管笛洋洋盈耳，一时倾动全城，观者如堵。盖迷信之举，为耳目之娱，今已罢其役矣。

淮鹾利己失专权，转眼豪华过似烟。
邗上俭风齐著力，从今花不种耕田。

邑中向为两淮盐贾集中地，盐贾凭借引票，执掌引地内之专卖权，利溥财阜，挥金如土，穷奢极欲，扬地固赖以繁盛，然民风浮薄亦由其导之。郑燮诗云：『千家养女先教曲，十里栽花算种田。』今盐法废，引票盐贾利权已失，昔日豪华过如云烟，嗣后地方风气当可转趋俭朴矣。

早上茶坊晚浴池，皮包水后水包皮。
有闲阶级闲如此，漫怪风人有讽词。

盐鹾虽废，犹有殷实居民，早入茶社啜茗，晚进浴堂洗澡，游手好闲，习以为常，故谚讽之云：『日里皮包水，晚上水包皮。』

兽骨牌排一局成，四人围坐斗方城。
时光浪耗工夫废，尽在终宵噼啪声。

赌博旧尚纸牌，今行麻雀，耗时费业，莫此为甚。

桃符换旧喜迎春，万户千门气象新。
试向街头观景致，纷纷都是拜年人。

旧历新年，熟人相见，必互拜年，拱手而已，亲友间则登门往来互拜，扬地居民平日亲友少交际，借此探问，亦通情愫之一道也。

新岁人家重俗仪，上门相约请春卮。
酒肴不吝倾厨出，年饱难藏肚里私。

亲戚于新岁互请吃酒，谓之请春卮，酒肴必丰，客恒少下箸，俗谓『新年多食为年饱』。谚云：『只有私房路，没有私房肚。』言肚饱不容讳也。

蜡炬锦灯不夜城，六街处处踏歌声。
湖船花担班班过，亏得中秋去岁明。

俗谚云：『云掩中秋月，雪打上元灯。』谓中秋节雨，来岁元宵必阴，元宵得晴日，扬地有闹花灯之盛况。入晚，儿童燃灯一件，上街游行，有马灯、鱼灯、兔子灯、龙灯等式。工匠店员择年

轻貌俊者饰为少女，或挑花担，或荡湖船，皆彩纸扎成，上缀烛盘，以锣鼓为导。居民闻声竞出，燃爆竹一串，戏中角色报以清歌一曲，不唱，花担旋转一回，谓之打招。灯期凡六日，十三日为上灯，十八日为落灯。

算盘珠拨计奇赢，上学书包收拾清。
一十八天年事了，人人又干旧营生。

扬俗新年自元旦至十八日止，谚云：『元宵三日后，各干旧营生。』

归宁佳日早梳鬟，才入家门笑展颜。
老母殷勤迎户出，先将两字问平安。

二月二日，谓之龙抬头，已嫁女例归宁。旧时婆媳关系多不睦，女归，母必殷勤问情况，间有因故不归者。谚云：『二月二，家家人家接女儿，接得家来吹笛子，接不家来捏鼻子。』

已少人家柳插门，清明且喜得晴氛。
城郊今日行人满，半是游春半上坟。

清明插柳旧俗已渐除，扫墓之风如故，亦有出城游春者，谓之踱青。

应时佳节又端阳，粽角尖尖蒲剑长。
陋俗却看童脑上，多将王字抹雄黄。

端午俗称端阳，亦谓五月节，裹角黍悬蒲艾，中午吃雄黄酒，惟于童脑上以雄黄抹一『王』字，谓能辟毒，则俗之陋者。

砖块何能变旺财，银河终古横天街。
巧云不看非闲事，民智于今验启开。

七夕乞巧诸习已不存，仅余『七月初七看巧云』一谚。看巧云者，谓于七夕深夜，如见彩云开处，天宫涌现，此际移砖入室即变金。事涉荒唐，今固无人为之矣。

宝塔风灯供月公，祭台还炫果盘丰。
良宵莫忘时光紧，过了中秋易岁终。

中秋俗呼八月节，人家于桌上设纸糊宝塔风灯与果盘，盘内分陈月饼、菱、藕、柿、梨等件，果盘丰者，拼两桌为台，谓之供月公，晚间燃烛风灯宝塔内，谓之祭月公。谚云：『年过中秋月过半。』言中秋节过，一岁光阴无几矣。

叶公坟上孰登高，生计艰难兴不豪。
佳节重阳无个事，但将旗插应时糕。

城北叶公坟，城南文峰塔，为重九登高处，近岁民生日困，插萸之风大减，每逢此日，仅插小

旗于米糕上，聊以点缀时景而已。

一从例酒吃重阳，手艺店家换景光。
灯盏添油赶夜作，门前月色白如霜。

手艺店例于重阳备酒酬店伙，自是晚作开始。谚云：『吃了重阳酒，晚作不离手。』

大冬自古大如年，遗俗今存祭祖先。
节景还凭佳点应，家家灶上做汤圆。

冬至俗称大冬，谚云：『大冬大似年，家家吃汤圆。』言是日礼仪隆重，有祭祖先吃汤圆等习俗，不亚新年。

周年急景雪纷纷，百物飞腾莫问津。
说与穷民同一慨，黄泥腊月贵三分。

岁聿云暮，风雪载途，居民奔走市阛，采购新年应用物品，谓之『办年货』，商家居奇，及时抬价。谚云：『腊月黄土贵三分。』谓此。

腊尾年前打扫忙，大家小户满清光。
掸尘一事寻常例，除旧更新意义长。

腊月将终，居民必打扫住屋，谓之掸尘。有锡器陈设者，以香灰擦亮之，被褥皆洗换，新春联亦于是时贴上，室内外皆焕然一新矣。

辞年酒饱已深宵，压岁钱分红纸包。
守旧有人还不寐，帐前一对烛高烧。

除夕，俗称三十晚上，家人团聚宴饮，谓之吃守岁酒，酒毕，家长以压岁钱分发小辈，守岁者于房中点红烛一对，谓之守岁烛，关门谓之封财门，至元旦启门，谓之开财门，皆放爆竹一串。

时令推行不待催，节逢惊蛰始闻雷。
一春气候循常轨，年景遥知百米堆。

春以雷占，谚云：『正月响雷死人堆，二月响雷白米堆。』盖春雷始于惊蛰，惊蛰在二月中，先惊蛰而雷，则气候失调，有害稼穑，故谚又云：『惊蛰闻雷米似泥。』

春播春耕季节临，及时膏润盼甘霖。
西畴叱犊人相语，一寸桃花一寸金。

二月雨，俗谓桃花雨，及时降落，有益春播春耕，谚云：『一寸桃花一寸金』。

百花齐放待阳和，恻恻阴寒雨必多。
春日出门防料峭，何人不要习谣歌。

春冷主雨，和则百草勃兴，谚云：『春寒多有雨，春暖百花香。』

千村万落郭公啼，到处水田槁稻齐。
若得一天行一暴，丰收莫问土高低。

夏以雷暴雨占禾收，谚云：『一天一暴，高低田都得稻。』

小暑炎炎大暑蒸，天时正被俗言征。
且看汗雨劳人滴，云彩都无片段兴。

夏日热在大小暑，谚云：『小暑大暑，汗滴如雨。』

人人翘首上苍看，小暑今朝要忌寒。
盼得出门天色好，一年粮食便心宽。

小暑日雨，主夏旱。谚云：『小暑头上一点漏，拔去黄秧种绿豆』。

面盆铜制纵牢坚，日货洋瓷价却廉。
待到扬人抵制夕，学生痛作楚尸鞭。

洗面具旧用木盆、铜盆，日货洋瓷面盆输入，式美价廉，携用轻便，人争用之。抵制日货时，学生携铁棒，将搜出之日货面盆聚于闹市，众棒齐下，鞭之悉成废物。

古货人嫌告失踪，橡胶鞋子日行通。
黄梅时节家家雨，无复钉声响路中。

雨鞋旧以桐油油帮底，底嵌以小圆铁钉，谓之钉鞋，近改著橡胶雨鞋，人皆称便，钉鞋尽废矣。

皮鞋橐橐踏苍苔，情侣平肩一对偕。
花下容颜池畔影，频频摄上镜头来。

摄影机惟富室备具，少年情侣恒于春秋佳日，携往北郊园林诸处，摄影其间。

名优法曲会留真，巧器发明日日新。
闻道宣传排日货，歌声招满进香人。

百代公司所出留声机，唱片采谭鑫培、刘鸿声、陈德霖、梅兰芳诸名角京戏唱词，仅商店、学校备有，学生利用观音香市，宣传抵制日货于观音山下，设宣传台，先开留声机唱片，引满香客，然后开讲，颇著成效。

绒线衫巾自足夸，著身轻暖胜棉花。
新牌皇后行扬市，看出人心爱国家。

粗线以棉制者，俗称本扎绠，色红者妇女用以束发，故一称头绳，或扎头绳，色白者供捆物，以羊毛制者，俗称洋扎绠，初仅少女用以束辫根或辫尾，近结围巾、手套、衫裤，英产蜜蜂牌最为世重，国产皇后牌问世，爱国人士竞用之。

香云纱似薄冰绡，印度绸如雪纺飘。
时节正逢蝉噪暑，人家喜剪作旗装。

夏季衣料，普通用夏布洋纱，上者用缣丝小纺官纱，自旗袍流行，妇女改用香云纱、印度绸，香云纱取其不黏汗身，印度绸取其轻柔凉爽，亦一时风尚，有不可移者。

清水洋胰涤垢油，浣衣莫为晒衣愁。
轻灵一物家家有，乡里人呼万把钩。

肥皂俗呼洋胰，去油垢效用较皂荚为大，晒衣用长竹竿，或于取竹时，留竹上歧支约尺长，上梢系铁钩，可挂檐头，每一歧支可悬鞋袜、手帕及儿衣等物以曝日，俗称万把钩。

城中结髻已非高，今岁儿童别有谣。
大好文明新气派，青丝初剪女同胞。

北伐军莅扬，女战士皆剪发，女学生与家庭妇女之开通者，竞效之，守旧者呼为二道毛。

舞台曾见古旗装，今日风行到女郎。
一个雷声天下响，管他衫短与袍长。

妇女旧行短衫，近尚旗式，改着长袍，衣式从风之速，古今一辙，不独旗袍然也。

短装童子散街中，黉宇初敲放学钟。
活泼天真体格健，将来都是主人翁。

童装旧尚长袍，惟夏日短装，冬季衣厚，臃肿不灵，新装作制服或海军式，小学生着者日众，夕阳影里，三五成群跳跃，道上一幅天真活泼图也。

闺训今朝已废除，课堂齐读教科书。
何时化雨家家沐，争看英才出掌珠。

女子稍长，从母习女红，中户间有入塾者，大户延师在家课读，教本有《女儿经》《闺范》等，极陈腐。女校既兴，课业与男子同科，惟多缝纫、烹饪等科而已。

几多纨绔误红颜，有女枉将大户攀。
不拣田庄拣人物，从来明智胜愚顽。

婚姻重门户，谚云：『女攀高门。』良家女子以是为纨绔所误者甚夥，开明家长择婿不尚门第，而相其德艺，故谚又云：『会拣拣儿郎，不会拣拣田庄。』

阿娇居处尚无郎，东选西挑户不当。
错过年华婚事误，四邻背唤老姑娘。

女子误于门户之见而年大犹待字者，人以『老姑娘』呼之。

传真影里有真真，相识还须介绍人。
同往同来情意密，一双戒指订终身。

近时媒妁，改称介绍人，介绍人得男女双方初步同意后，为之互换照片，开始往来通情愫，既成熟，以戒指一双订婚约。旧时茶礼尽废。

富室陪奁斗绮罗，贫家相望亦夸多。
古人早有箴言在，五女门前盗不过。

嫁女旧向陪奁，富家于婚期前夕，以奁物抬行街市，送往男家，谓之铺房。除新房应用陈设诸物外，被八条，褥席枕等八件，谓之八铺八盖；次者有六铺八盖，四铺四盖；最少为两铺两盖，一铺一盖。生女多者常以陪奁倾其家，古语云：『盗不过五女之门。』言多女贫家无可盗也。

灯笼火把尽抛光，近日婚仪也改良。
好处千般归一语，厉行节约不铺张。

设礼堂行婚礼，废花轿吹打诸仪式，谓之文明结婚，男女双方均节约，一婚之费，仅及旧式十

之二三耳。

婆谈媳妇媳谈婆，井上街旁话语多。
何似小家庭制好，一夫一妇乐融和。

旧家庭婆媳多不睦，井畔巷口为互诉之所。谚云：『头顶蓝睢布，到处谈媳妇，头顶睢布蓝，到处就把婆婆谈。』

小姑未必是娇痴，背后闲言母不疑。
做尽冤家嫌嫂嫂，笑他终有出门时。

谚云：『姑姑嫌嫂嫂，枉做恶冤家。』言小姑欺嫂，常无所不用其极，忘其身终必出嫁也，俗谓出嫁为出门。

妯娌一家闹不和，只因偏爱在婆婆。
婆婆势利眼中媳，要看妆奁谁个多。

妯娌不和，由于婆婆之偏爱，婆婆之偏爱，系于媳妇陪奁之多寡。

开门七件办难齐，反目顿成瞪眼鸡。
恩爱看来都是假，可怜柴米做夫妻。

夫妻失和，每由家计困窘。谚云：『有柴有米是夫妻，无柴无米瞪眼鸡。』瞪眼鸡喻怒目相向，一作『两分离』。

儿多为累叹贫家，大夺残羹小地爬。
羡煞东邻好福气，一男一女一枝花。

贫家子女多者，夫妇竭尽勤劳，衣食难周，长幼同苦，谚云：『一男一女一枝花，三男四女是冤家。』

日高犹自早眠酣，下午邻家又手谈。
孩子临前频讨索，浪抛钱或耳光三。

子女疏于教养者，每以主妇懒而嗜赌，既入局，任孩子荒嬉室外，索钱则予取予求，或敲耳光，挥使远去，盖恐扰其赌兴也。

斗虫捕雀日嬉游，殴打拳伸不问由。
安得双亲严教导，羌王都把野心收。

无教养之小户子弟，一岁之中，以捉麻雀、捕知了、斗蟋蟀为娱，以逃学、闲荡、吵骂、殴打为事，俗呼羌王，良民皆见而远之。

朱门只识绮罗香，逐队遨游玩乐场。
郎不郎兮秀不秀，少年误尽是膏粱。

膏粱子弟，恃宠仗势，嬉娱无忌，炫时装斗巧器，上茶馆、打扑克、逛曲巷、荡游船，见父老则嬉皮笑脸，见妇女则评头品足，俗呼少豪，亦无家教之过也。

人能自立便为贤，薄技曾闻胜美田。
熬得学徒三载苦，成家兴业出人前。

韶龀十岁以上习业，谓之学生意，行业中呼为学徒，或徒弟，三年或四年卒业，谓之满师，逐步升工匠或伙计等职，或自立行业。学徒期间，待过苛刻，多受凌虐，然贫家子弟，循此途多得成家立业，亦有子承父业者。谚云：『良田千亩，不如一技随身。』非虚语也。

四邻都是老乡邻，相助相扶见性真。
古有常言堪玩味，远亲不及近邻亲。

居民少迁移，邻近皆多年共处，有互助之风，无相陵之习。谚云：『邻居好，赛金宝。』又云：『远亲不如近邻。』皆勉人以睦邻为贵。

吵闹何能黑白分，相邀茶馆作公评。
理穷词屈须心服，东道今番便是君。

邻居相处有纠纷时，相邀赴茶肆评论，谓之叙理，理输者做东道。

闺房偷得女红间，七字书听欲废餐。
多少古人离合事，遇担忧处泪珠弹。

弹词唱本，有唱有白，唱词多以七言组成，俗谓『七字书』，所述皆民间传说，家庭妇女恒聚亲邻以听七字书为娱乐，由识字者照本宣诵，自成腔调，遇故事情节凄苦处，听着皆陨涕，故俗有『听书淌眼泪，代古人担忧』之谚。

处处沧浪有孺歌，未闻罗袜去凌波。
地方纵设兰汤室，只恐门前可雀罗。

住户无浴室设备，女子夏日以木盆盛水洁身，天寒不浴，地方风气未开，纵有女子澡堂设立，恐妇女亦裹足不前耳。

依样葫芦画巧工，先人弃世见遗容。
新年日日行家祭，应恨生前养未丰。

人死未殓，丧家延画工描容谓之画容像。初设灵前，嗣后于新年悬相堂上，谓之挂容像，每日设祭，

以尽追思之礼。近日改用放大相片，或求擅木炭画者，据照相放大之，罩以镜框，生人亦可用之。

离乡挟技走东西，剪下仪容出整齐。
行业横遭申地贱，笑他人面逐高低。

乡人习理发、浴堂业者，多就业他埠，沪人贱之，呼为江北人。人贵自立业，亦何分高低，彼自命高贵者，实势利之徒，贱人适自贱耳。

伏暑收威素节临，已凉天气砌蛩吟。
年成喜得骑秋雨，好景行看遍地金。

立秋前后有雨，主岁稔。谚云：『秋前秋后雨，遍地是黄金。』

八月天高净似揩，孤鸿报候带霜来。
家人行待寒衣授，懒妇都忙剪尺裁。

八月气候渐寒，妇人皆忙制冬衣。谚云：『八月初一雁门开，孤雁头上带霜来。』

满城风雨近重阳，诗句久传翰墨场。
最好重阳当日雨，一冬不会闹干荒。

重阳宜雨，谚云：『重阳无雨一冬晴。』又云：『重阳无雨望十三，十三无雨一冬干。』

一线长添验晷踪，正逢节日雨蒙蒙。
但求好景年干净，邋遢何妨过大冬。

冬至日晴，主新年多雨雪。谚云：『干净冬至邋遢年。』

交冬未久雪纷纷，滴水冰成手足皲。
一岁严寒三四九，农家占候识天文。

冬日寒在三四九，雪普降。谚云：『雨雪年年有，不在三九在四九。』

九数过三正御裘，玉龙时见满空游。
行人莫怨泥泞苦，好麦来年望雪收。

冬以雪占来岁麦收。谚云：『冬无雪，麦不结。』又云：『冬雪年丰春雪无。』

人亡原似灭灯膏，争得魂归饱菜肴。
可惜丧家终不悟，一番回煞便宜猫。

丧家陋习，无过回煞。回煞，俗称回避，日期由阴阳决定，谓死者于是夜回家探望，丧家备餐

肴设灵床前，铺芦柴灰于地，以验死者曾否回家就食。是夕，家人悉避居亲戚家，翌晨回视，见餐肴或芦柴灰有迹，咸谓死者果回家矣，实则野猫所食，亦有因室空而被盗者。

笤帚何能疟疾驱，效传杜句本虚诬。
一从丸有金鸡纳，才把乡人陋习除。

里人患疟，家人挥动笤帚，谓可驱除疟鬼。病者或于疟发期前出外，谓可避疟，皆俗之陋者。自金鸡纳霜丸输入，服之有奇效，驱避之风始息。

饮食调和百病消，卫生也要讲儿曹。
但求身上圈环扣，宝贝何尝保得牢。

俗有可笑者，生子多而不育，其仅获存者，穿耳戴环，或系项以圈，谓之扣住，其名亦呼扣子，谓能免夭折之灾。

居处何曾有宅神，焚香俗例漫遵循。
新迁还是和邻好，鱼水亲时暖似春。

迁居者入新宅，焚香敬宅神，谓之进宅。预具糕馒分馈四邻，谓之和邻。

孩童最怕马胡来，道是凶神髯满腮。
故事实从麻祜出，祜胡两字误音谐。

俗怖小儿曰：「马胡子来。」按《资暇录》云：『隋将军麻祜性酷虐，炀帝令开汴河，威稜既盛，至稚童望风而畏，相恐吓曰：「马祜来。」稚童语不正，转祜为胡。』今扬人又讹为马胡子。

花木无根不出芽，常言也有本源查。
逢人说项缘何事，为把人家好处夸。

俗谓到处谈人是非或求人济急，曰『逢人说项』。语本唐杨敬之诗而失其意，敬之诗云：『平生不解藏人善，到处逢人说项斯。』斯工诗而不偶，敬之爱其才，以诗谀扬之，由是显名而登高第，据此，『逢人说项』一语当取义游扬人善也。

篱穿壁破便来猪，肉骨遗厨犬自趋。
猫为鼠多窥当铺，人家枉自卜盈虚。

里谚云：『猪来穷，狗来富，猫来开当铺。』按《雪涛谈丛》云：『贫家篱穿壁破，故猪来，非猪能兆穷也。富家饮馔丰，遗骨多，故狗来，非狗能兆富也。至当铺衣多，易从鼠，则猫来，固意中事，亦非兆也。』

卞和抱璞泣岩阳，有眼无珠痛楚王。
俗语分明来历在，荆山不免误金镶。

里有『有眼不识金镶玉』之谚，讥人不识好也。按《传家宝·俗语辨讹》云：『俗云「有眼不识金镶玉」，此讹也。当云荆山玉，盖玉藏荆山之内，昔卞和献之厉王，以为石，又献之武王，亦以为石，两献两刖，文王即位，和抱玉泣，王使人琢，果得璧，事出《韩非子》。』

把势不当作把司，俗音误读未为奇。
自家好事钻牛角，要为乡人一正之。

俗称无赖为把司，其敲诈之行为谓打把司，开妓馆者谓吃把司饭，司，当读作势，《直语补证》云：『俗以无所凭藉而妄自炫赫者，谓之瞎打把势，盖乡音误仄为平也。』

临别依依送到门，客前上福语声温。
须知福字古从覆，旧语元人手札存。

妇人送客，必曰上福某某，盖对客人家中长辈请安之词。上福俗读若上府，按赵子昂与管公札云：

『上覆丈人节干丈母县君。』是上福古作上覆，有回敬之意。

八仙名唤四方枱，筵席宽宽八座开。
若问八仙名底指，醉中仙说晁归来。

俗呼大方桌为八仙桌，谓八人可共座也。八仙者，谓汉钟离、张果老等世所传八仙也。名以八仙者，祝共席八人健寿如仙也。案晁补之八仙案铭云：『东皋松菊堂，饮中八仙案。』是八仙当指李白、贺知章、李适之、李琏、崔宗之、苏晋、张旭、焦遂，杜甫歌所谓饮中八仙也。

形如捎麦复如榴，外重薄皮内重油。
今日都将烧面唤，无人知作鬼蓬头。

以蒸熟糯米，调入酱油肉片，外包薄面皮，手撮其顶，复上笼蒸之，其形如榴，俗呼烧面，实捎麦之音讹。乡人入城，常用布袋储麦粉，绳结其顶，捎以馈亲，点状亦正类此，故名。《画舫录》

云：『一名鬼蓬头。』今鲜知之矣。

家家都道过年忙，糕买蜂糖应景光。
瓤子切开满布孔，取名恐或是蜂房。

蜂糖糕，旧历新年应时点心之一，以缠好加糖干面，摊平于蒸笼内，面嵌红枣，蒸熟后切块，皆有孔，类蜂窝，俗名蜂糖糕，恐系蜂房、蜂瓤之讹。

雲破月來華弄影